Un aller simple pour La Rochelle

http://www.terresdelouest-editions.fr
email : jugieau.benjamin@orange.fr
ISBN : 979-10-97150-61-7

Crédits photographiques :

Réalisation couverture : Terres de l'Ouest Editions à partir de crédits Adobe Stock : Portrait of a young beauty © konradbak et Port de la Rochelle, Super Lune © zzzz17.

Jacques Berlioz-Curlet

Un aller simple pour La Rochelle

Roman

« Je suis noire, mais jolie, ô fille de Jérusalem, comme les tentes de Kédar, comme les toiles de tente de Salomon. Ne me regardez pas parce que je suis basanée, parce que le soleil m'a remarquée. Les fils de ma mère se sont mis en colère contre moi ; ils m'ont établie gardienne des vignes, bien que ma vigne, celle qui était à moi, je ne l'aie pas gardée. »

Cantique des cantiques 1,5.

Du même auteur :

Si Dieu Bientôt n'y remédie – roman historique (Éditions J-M. Bordessoules 1999)
Les mendiants de bonheur – roman historique (Éditions Bordessoules 2004)
Vengeance tardive- roman policier (auto-édité 2004)
Le chemin du Roy – roman historique (auto-édité 2010)
L'arbre seringue – roman historique (Éditions Bordessoules 2009)
Guillery, le soleil des brigands – roman historique (auto-édité 2012)
Guillery, terreur sur le Poitou – roman historique (auto-édité 2013)
Guillery, adieu, compère – roman historique (auto-édité 2014)
⊠FBI, Histoire d'un empire - essai documentaire (Éditions Complexe 2005)
Le temps des hannetons - récit (auto-édité 2011)
La mission de Lafayette – roman jeunesse (auto-édité 2015)
Mystère sur le corsaire noir – roman jeunesse (auto-édité 2015)
L'île de la magicienne – roman jeunesse (auto-édité 2015)
Histoires insolites pour insomniaques – nouvelles (auto-édité 2016)
Les cailloux blancs – roman (auto-édité 2018)
Rêveries et caprices – recueil de poésies (auto-édité 2020)
L'oie qui parle et autres contes animaliers – contes (auto-édité 2020)

Bandes dessinées, illustrées par David Unger
Mission Lafayette (auto-édité 2007)
À la poursuite du corsaire noir (auto-édité 2008)

Beau livre, avec le photographe Yves Phelippot
Voyages au-delà des couleurs et des mots (auto-édité 2019)

À Monique,

1

— Quel est ton prénom ?

— Sébastien. Mes amis ont l'habitude de m'appeler Seb. Mais je préfère Sébastien. Et toi ?

— Moi, c'est Malika. J'aime mieux Mali, tout court. C'est plus simple.

— Alors pour moi, tu seras Mali. Ça te va bien.

Elle esquisse un timide sourire et l'observe de son magnifique regard.

— Et moi, pour toi, ce sera Seb.

Il ne soutient pas le regard et baisse les yeux.

Ils avaient ainsi fait rapidement connaissance, sans façon.

Pourtant le premier contact n'avait pas été des plus agréables. Il était installé à la terrasse du café de *La Marine*. Il contemplait les deux tours du port inondé de lumière. Elle s'était faufilée entre deux rangs serrés de tables pour atteindre un siège près de lui, mais son sac, battant sur une épaule, avait malencontreusement renversé au passage le verre posé devant lui. Toute la bière s'était répandue sur la table et sur son pantalon.

Elle n'avait pas été indifférente et s'était confondue en excuses, tentant d'éponger le vêtement de Sébastien avec un mouchoir tiré de son sac. Il avait finalement ri de la situation, voyant cette jeune et belle moricaude frotter méticuleusement le tissu imprégné de bière, passant parfois avec gaucherie le mouchoir sur la braguette. Il y avait même de l'effet comique dans ce petit incident.

À la fin, toute confuse encore de sa maladresse, elle avait pris place à sa gauche, face aux tours du vieux port qui brillaient intensément sous les derniers feux du soleil couchant. Les deux monstres de pierre se détachaient encore sur le fond du voile brun que tendait déjà le premier crépuscule. Sébastien avait commandé une autre bière au garçon et avait offert à la jeune femme un cappuccino bien crémeux.

La terrasse de *La Marine* était couverte de monde. Pas facile de trouver une chaise pour admirer le site en sirotant un verre, et les cafés ou restaurants alentour étaient logés à la même enseigne.

Devant eux, les passants ne cessaient de circuler. Un va-et-vient permanent coupait le paysage du vieux port de La Rochelle au rythme d'un kaléidoscope. Les passants. Ils étaient les passants de l'été, ceux qui flânent en chemisette, en maillot de couleur ou encore vêtus d'un « Marcel » blanc, d'un gilet, d'un fin pull-over jeté négligemment sur les épaules. Des promeneurs variés, ceux qui ont l'air de skippers en escale comme ceux qui circulent en bande, une casquette de baseball vissée en travers de la tête.

Le port était totalement livré à la flânerie des piétons. C'était ainsi chaque été, depuis des années. La municipalité fermait les voies conduisant au port et des centaines de camelots envahissaient l'espace libéré. Les badauds, eux, déambulaient, regardaient sans voir, ou voyaient sans regarder, sans connaître personne, sans envie de connaître quiconque.

Plus loin, sur le cours des Dames, des vendeurs à la sauvette de tout et de petits riens, de gadgets ou d'essences aux vertus prodigieuses, attiraient avec peine les curieux sous la lumière douce des guirlandes électriques du 14 Juillet emmêlées aux branches des arbres.

Parfois, un éclair attirait l'œil. Un cracheur de feu lançait dans l'air une longue giclée incandescente. Immédiatement, un groupe de flâneurs se pressait autour de lui et de son complice qui, lui, jonglait en lançant très haut des bâtons enflammés.

Un brouhaha comme en plein jour, maintenait les riverains éveillés jusque tard dans la nuit. C'était un bourdonnement continuel, lancinant, dérangeant. Au loin, après la rue Saint-Jean du Perrot, du côté de l'esplanade Saint-Jean d'Acre, la fête battait son plein. Un rythme endiablé mené par un orchestre infernal entraînait le murmure syncopé d'un chanteur de rap sur la grande scène des Francofolies.

Sur le cours des Dames, mi-bétonné, mi-pavé, on sentait le graillon et la merguez chaude. Des fumerolles écœurantes roulaient entre les étals de saucisses, de viandes grillées et de frites, parfumant au passage d'une odeur âcre, les quelques agents de police en combinaison bleu nuit qui se frayaient un chemin dans la foule compacte. Parmi la multitude des traînards dans la tiédeur de la nuit, quelques-uns mordaient méchamment dans un morceau de pain d'où ruisselait un jus de chiche-kebab douteux qui coulait le long des doigts et qu'ils léchaient à l'envi.

C'était un de ces 13 juillet, quand la nuit tombée s'emplit d'une tiédeur moite et que les vacanciers envahissent le bitume encore chaud des brûlures du soleil ou se tordent les chevilles entre les pavés disjoints.

2

Mali, comme Sébastien se plaisait désormais à la prénommer, était restée assise, face à la grand'rive du port. Lui, avait changé de place et s'était installé en face d'elle. Il en avait assez de ces passants sur le trottoir qui les dévisageaient et qui lui donnaient le tournis.

Il voyait maintenant le reflet des deux tours du port dans les yeux clairs de la jeune femme. Clairs comme deux aigues-marines. C'était insolite qu'une fille de ce type fût dotée de tels yeux. Ces pierres précieuses, enchâssées profondément dans la forme ovale de son visage, laissaient à celui qui les fixait une sensation d'étrangeté et de trouble attirance. Mais Sébastien évitait le regard. Il avait mieux à faire en cherchant à découvrir la personne tout entière qui lui souriait.

Au début, il ne disait rien. Il essayait de saisir quelque chose dans la figure au teint cireux de vieil ivoire, à la bouche charnue soulignée d'une couleur presque brune qui ne faisait aucunement douter des origines de Mali. Une jolie beurette, en somme.

Mali. Oui, Malika… quelque chose. Mais peu

importait son nom. Elle ne l'avait pas prononcé, d'ailleurs. La moricaude, comme il l'avait d'abord mentalement identifiée, le regardait sans un mot. Seul un sourire effleurait délicieusement ses lèvres amarante qu'elle n'avait pas renforcées du moindre trait de couleur artificielle.

Le bombé de son front ressortait sous les plis de ses cheveux adroitement peignés. Du jais pur coulait du haut de son crâne vers les épaules, dans des cascades ondulées qui renvoyaient la lumière des néons placés au-dessus de sa tête. Seul un côté des cheveux était tiré à l'arrière, dégageant une oreille toute petite, mignonnement dessinée.

Et puis, les yeux d'aigue-marine luisaient d'un vif éclat au milieu de tout cela. Ils attiraient son regard malgré lui sur la figure lisse et régulière de Mali.

Mali. Mali. Après tout, ce prénom allait bien avec le personnage. Évocateur, exotique, il correspondait parfaitement à l'idée, un peu fausse d'ailleurs, que Sébastien se faisait de l'Afrique. Il n'avait jamais mis les pieds sur cette terre africaine et il avait du mal à imaginer comment sont réellement les femmes, là-bas. Toutefois, ses goûts pour l'exotisme d'où qu'il vienne, d'Afrique ou d'ailleurs, lui renvoyaient une image sauvage, forte, piquante de ces filles lointaines que son imaginaire enveloppait d'un halo magique propre à pousser vers l'aventure. Avait-il lu Loti ou Pierre Benoît, Flaubert ou Chateaubriand ?

Mais peu importait l'idée qu'il s'en faisait. Il y avait naturellement du mystère dans cette jeune femme assise en face de lui, dont la seule occupation était de laisser aller et venir son regard transparent de Sébastien aux passants, des passants à Sébastien puis de Sébastien aux lumières zigzagantes sur l'eau. Quel âge pouvait-elle avoir ? Vingt ans, vingt et un peut-être ? Guère moins que lui.

Il se dit qu'un paradoxe se dégageait de sa personne. D'un côté, elle avait eu un aplomb certain d'engager la conversation avec lui après l'avoir inondé de bière. D'un autre côté, elle montrait un air réservé, à la frontière de la timidité. Elle ne prononçait plus un mot et se contentait de regarder autour d'elle. L'air absorbé par le flot incessant des promeneurs qui se déversait sur les quais du vieux port, elle lançait parfois un sourire qui lui échappait.

Tandis que Mario, le serveur du café de *La Marine*, revenait prendre la commande, Sébastien osa une banalité.

— Tu es en vacances à La Rochelle, je suppose.

Ils s'étaient tutoyés dès les premiers mots. C'est comme s'ils se connaissaient depuis de longues années. En fait, non. Leur tutoiement tenait naturellement à cette nouvelle génération d'enfants de fin du vingtième siècle, une façon de montrer qu'on est comme tout le monde, qu'on ne craint pas son vis-à-vis, son voisin, et que l'on fait, comme on dit, « parité » avec l'autre.

— C'est ça, oui. J'ai jeté mon sac de voyage à La Rochelle, il y a deux jours. Elle me plaît, cette ville. Surtout avec tout ce monde qui grouille, le jour, la nuit. Tu n'aimes pas, toi ?

— Si, si ! affirma-t-il pour lui faire plaisir. Mais

au fond de lui, son sentiment était différent, à l'opposé même. À vrai dire, il détestait la foule, ces anonymes qui passaient et repassaient sur les quais de la grand'rive, erraient le nez au vent, sans but.

C'était bizarre. Il restait coi, sans la moindre idée à développer, sans un mot à lui dire. Et pourtant, il n'avait pas habituellement la langue dans sa poche. Il n'était pas baratineur, mais il ne manquait pas de conversation, surtout avec les jeunes femmes.

Mais en cet instant, il avait pour une fois oublié les mots dont il usait pour ne rien dire. Il avait justement envie de dire toutes sortes de choses vraies, intéressantes, à cette jolie beurette de passage. L'impressionnait-elle véritablement ?

Finalement, faute de conversation, il reprit place à côté d'elle, sur la chaise restée heureusement libre, face au bassin du vieux port, comme s'il fut pris par la maladie de la bougeotte. Puis il se laissa à son tour volontairement envahir par le silence intérieur, n'écoutant que le sourd murmure que faisaient les noctambules en passant sur la grand'rive, tout en s'enivrant déjà du parfum épicé et sauvage exhalé par la peau de la jeune femme assise à ses côtés.

En face, les bateaux se berçaient sous le petit vent frais qui venait à l'instant de se lever de la mer. Les rais lumineux crachés par le manège du square Valin éclataient en minces éclairs et venaient se tortiller comme d'éphémères reptiles à la surface de l'eau. En fait, Sébastien se grisait des effets de lumière et de cette moiteur fraîche qui, comme un couvercle invisible, se plaquait à cette heure du soir sur la ville.

— Tu sais, en réalité je n'aime pas tous ces gens qui passent devant toi en te regardant sans te voir, finit-il par lui avouer, comme si une longue réflexion intérieure avait conduit sa pensée à cet agacement.

— Ça ne me gêne pas, moi, répondit-elle. Je préfère encore qu'on me dévisage sans me voir que de sentir des regards lourds de sens se poser sur moi. Et je suis bien placée pour en parler.

— Oui, je comprends ça. À cause de ta peau, n'est-ce pas ? Et de ta chevelure de princesse arabe, osa-t-il ajouter en rougissant aussitôt de la chute hasardeuse de ses paroles.

Il se maudit instantanément de sa bévue en se mordant la lèvre inférieure. Stupide ! Il allait effaroucher une jolie fille qui commençait à lui plaire.

En guise de réplique, Mali se contenta de lui lancer un sourire amical et compréhensif. Ses lèvres s'animèrent délicieusement.

— Excuse-moi, reprit-il, je dis ça instinctivement, sans me rendre compte que j'aurais pu te blesser. Ne m'en veux pas.

— Mais je ne t'en veux pas, Seb. Tu es bien comme tu es. Tu dis ce que tu penses, et j'aime mieux ça. N'en parlons plus et parlons plutôt de toi.

Il en convint. Sébastien se rendait compte qu'il avait en fait beaucoup à lui dire. Alors, il se mit à parler de lui, de sa vie, de ses faiblesses surtout, des petits riens qui constituaient ses plaisirs, de ses tristesses, ses joies et ses oublis. Il évoqua beaucoup d'autres choses encore, même celles qu'il gardait habituellement pour lui seul. Il se moquait bien de ce qu'il disait à Mali, ce soir. Pour lui, elle était une inconnue, voilà tout. Sa conversation n'aurait pas de lendemain.

Alors, il en rajoutait un peu parfois. Puis, gagné par une discrétion de bon aloi ou poussé par la simple pudeur, il enrobait ses déclarations de petits mensonges si bénins qu'il parvenait à se persuader lui-même de vivre ou d'avoir vécu ses innocentes fictions.

Il dit qu'il était chef d'un bureau de préfecture, reconnaissant qu'il n'était qu'un gratte-papier ordinaire, sorti tout droit d'un modeste milieu, bien sage et sans histoire. Il avait eu une enfance heureuse, mais n'en tirait aucune gloire et n'en ressentait aucune nostalgie. Il avoua aussi qu'il avait été marié six mois durant, mais s'étant aperçu de son erreur, il avait finalement rompu son mariage. Il n'avait même pas gardé en son cœur une petite chapelle pour son ex-femme.

— Ça n'a pas duré. Elle me prenait toujours pour un grand adolescent, que je suis resté d'ailleurs.

Il en rit. Pas même de regrets. Rien. C'était banal et un peu pitoyable aussi. Mais sa vie avait ainsi coulé, sans qu'il s'en rendît compte, comme un bateau qui prend l'eau peu à peu. Une faiblesse de plus qu'il portait en lui. Ainsi, il ne s'attachait à rien, à personne et demeurait totalement libre.

Il arrêta là son discours, tenté de recueillir à la dérobée quelque chose dans le regard de la jeune femme. Mali conservait sur ses lèvres sans maquillage, un sourire discret, figé, répondant ainsi silencieusement à tout ce que lui racontait Sébastien. De temps en temps même, quand il avait lancé un jeu de mots, elle avait répondu par un petit rire acidulé, avant de plonger à nouveau ses lèvres dans la mousse du cappuccino presque froid, pour dissimuler l'amusement qui s'y inscrivait.

C'est curieux comme le sourire d'une femme peut être diversement interprété. Est-il de douceur, de malice, de commisération, empreint de moquerie sourde, d'indifférence secrète ou encore d'envie, de complicité inavouable, de désir tout court ? Nul ne sait ce qui se cache derrière le mur insondable de ce sourire de femme, tout semblable à un voile pudique jeté sur la barrière des dents. Plus que le regard, les lèvres d'une femme savent parfaitement refléter l'état de son âme, à un instant donné. Elles sont le meilleur miroir de tout ce qui s'agite derrière les fronts silencieux et mystérieux.

Que souhaitait-elle donc indiquer dans le pli muet de son sourire ou plutôt que ne désirait-elle pas divulguer d'elle-même en ce moment de petit bonheur en compagnie de Sébastien ? Peut-être rien. Peut-être n'espérait-elle rien des mots de cet homme et se laissait-elle seulement bercer par la musique qui en coulait.

Alors, elle se laissait délicieusement glisser dans le bain de moiteur fraîche qui recouvrait nuitamment la ville, et elle ne se délectait que de cette suave impression tandis qu'il parlait, parlait, parlait. Elle serait bien restée sur la terrasse du café de *La Marine* toute la nuit. Comme une éponge sèche, elle avait le sentiment de s'imprégner graduellement du souffle doux de la mer, d'un air nouveau qui la revigorait jusqu'aux tréfonds d'elle-même, tout en écoutant un inconnu lui parler de lui. Elle, ne parlerait pas d'elle.

Là-bas, dans le flot descendant du vieux port, entre les deux tours de la Chaîne et de Saint-Nicolas, tel un mirage sur les rides de l'eau, les lumières dessinaient des spires ludiques par milliers qui venaient se dérouler dans les yeux de Mali.

Au bout d'un moment, s'apercevant qu'il parlait dans le vide, Sébastien se tut. La jeune femme sursauta en sortant subitement d'un songe et lui destina encore un de ses sourires qu'elle seule savait offrir.

— Parle-moi d'elle, lui demanda-t-elle subitement en pointant le menton.

Il la regarda étrangement et se retourna instinctivement vers le port. Il ne vit rien derrière lui, à l'exception des deux tours se reflétant dans l'eau.

— Elle ? Qui, elle ? s'étonna-t-il en laissant s'échapper un rire résonnant d'incompréhension.

— Oui, elle, la ville. La Rochelle, quoi. Elle me prend, elle m'envahit. J'aimerais que tu m'en parles. Comment est-elle ? Comment vit-elle ? Raconte-moi tout d'elle. Je veux tout savoir.

Pris au dépourvu, Sébastien avala une gorgée de salive. Il ne comprenait pas bien cette envie soudaine, inattendue. Il se dit alors qu'il était tombé sur une illuminée, une de ces filles complètement excentriques qui se fourvoient n'importe où, pour tout savoir, tout tenter, par caprice, ou même pour rassasier le désœuvrement qui ronge leurs jours. D'où sortait-elle d'abord, des quartiers riches ou de chez les pauvres de banlieue ? Mais, il se ravisa et se dit qu'après tout, Mali n'était peut-être pas ce qu'il venait d'imaginer, qu'elle était simplement une femme naturellement curieuse.

Il finit d'un trait le fond de son verre de bière, se leva et s'écria d'un air décidé et guilleret :

— Viens, on va la découvrir, puisque tu y tiens.

Lui tendant son sac à doubles bretelles pendu au dossier de la chaise, il osa un contact furtif en effleurant le coude de Mali pour l'aider habilement à se lever. Elle fit celle qui ne prenait pas garde au geste raffiné dont elle était l'objet, mais elle ressentit à ce moment-là comme un petit frisson entre les racines de ses longs cheveux de jais.

Une sorte de sigisbée, voilà ce qu'était Sébastien à cet instant même. Il déployait des gestes courtois, prévenants, plaisants, et cela la charmait, la chargeait d'une volupté naissante qu'elle découvrait, à l'instar d'une débutante frissonnant dans l'attente de son premier bal. Elle n'avait pas l'habitude de ces agissements-là, elle, la beurette de banlieue.

— Au fait, je ne t'ai pas demandé. D'où viens-tu ? lui lança-t-il *ex abrupto*, alors qu'ils s'enfonçaient de quelques pas dans la foule des passants.

— Des Ulis. Pourquoi ? Un intérêt ?

— Non pas. Non, je te demandais ça tout bêtement.

— En fait, tu voudrais bien savoir tout de moi, à présent que tu t'es raconté. Eh bien ! Tu sauras ça plus tard. Pour le moment, j'ai une grande envie de prendre un bain de foule. Tu veux bien ? Laissons-nous porter par la vague des gens, là, sur ce quai.

Sébastien acquiesça tout bonnement de la tête. Il

n'allait pas effaroucher cette belle fille du Maghreb. Il était trop fier de la sentir quasiment agrippée à lui. Si elle demeurait avec lui, c'est qu'il présentait un intérêt pour elle. Quel intérêt, exactement ? Des idées lui passaient par la tête.

À pas comptés, ils se fondirent tous deux dans la presse devenue plus dense sur les coups de vingt-trois heures. Ils remontèrent tout le long du cours des Dames, se glissant entre les groupes compacts de curieux fixés comme des statues autour des petits bancs des camelots. Une odeur âcre roulait dans l'air, un mélange de graisses grillées, de sueurs fortes, de cannelle, d'encens et de fumée de chanvre indien. Un bruissement continu et confus était retenu par la frondaison des arbres qui bordent le cours. Ici, des bandes de musiciens aux vêtements bariolés jouaient de la flûte ; là, des paumés traînaient à demi couchés sur le sol près de leurs chiens étiques ; plus loin, des batteurs de Djembé cognaient leurs rythmes lancinants ; partout des gamins effrontés ne baissaient pas le regard au milieu de ces passants qui flânaient pour ne rien faire, parce qu'on ne sait rien faire d'autre que flâner à cette heure du soir.

Et sur ce fond de maelstrom bigarré de gens enivrés par la douceur de l'air, abrutis de farniente, bouffis d'indolence, et dont les yeux n'étaient pas assez grands pour absorber toutes les images à la fois, ils entendaient de plus en plus fort la musique rap qui bondissait sauvagement au-dessus de la tour de la Chaîne.

— C'est bon, lâcha Mali, je suis presque arrivée.

— Déjà finie, ta promenade ?

— Ouais ! Je suis un peu lasse. C'est le voyage. Allez, je t'abandonne. On se retrouve demain ?

— Oui. Où loges-tu ? demanda Sébastien d'un air innocemment forcé.

— Là, tout près. À…

Elle hésitait. Son regard accrocha l'enseigne lumineuse qui clignotait dans la rue Saint-Jean du Perrot.

— À l'hôtel *Saint-Jean d'Acre.*

— Ah, oui, conclut brièvement Sébastien.

— D'accord pour demain ?

Il se contenta de répondre par un sourire et un mouvement affirmatif du menton.

— En début d'après-midi ? À *La Marine* ?

C'est elle qui sourit et fit « *oui* » de la tête.

Ayant ouvert sur elle la porte vitrée de l'hôtel, elle lança un charmant petit signe de la main avant de disparaître derrière la banque du veilleur de nuit. Sébastien se retourna pour s'éloigner à son tour.

Ce qu'il ne vit pas, ce fut Mali ressortant par la porte arrière de l'hôtel qui donnait sur la place de la Chaîne. Vers vingt-trois heures trente, ce soir-là, elle se perdit seule dans la foule et dans la nuit.

3

Comme convenu, elle était assise à la terrasse du café de *La Marine*, seule à une table sur laquelle attendait d'être bue une tasse de cappuccino. Elle jouait distraitement du bout d'une paille avec la mousse onctueuse prête à déborder.

Il s'était dissimulé derrière le groupe de badauds qui encerclait le tour de Habib le potier, là tout près, sur le quai Duperré. Du plus loin qu'il pût l'apercevoir sans se manifester, Sébastien passa un long moment à l'observer, à mesurer ses gestes, à apprécier ses mimiques, à contempler sa silhouette tout habillée de noir.

Elle était vraiment belle. Elle avait du chien comme disait son père quand il admirait une belle femme, et Sébastien se disait que cette fille valait la peine d'être conquise. Il avait réfléchi depuis hier. D'ailleurs, il était presque convaincu qu'elle était venue à La Rochelle pour cette raison, se faire draguer, vivre une belle amourette d'été avec un inconnu et repartir dans sa banlieue raconter ses aventures à ses amies, heureuse, en somme, d'avoir passé de bonnes vacances.

Lorsqu'il eut bu tout son soûl à la coupe de ce délicieux spectacle, il bondit du trottoir pour se jeter dans le flot bruyant de la circulation. Déjà, le quai grouillait de monde dans le vrombissement des moteurs emballés. Il eut du mal à se frayer une voie entre deux files de voitures pétaradantes. Subitement, un crissement de pneu et un coup de klaxon accompagnés d'injures firent retourner les têtes.

Il n'en fallait pas plus pour que le regard de Mali, un instant égaré dans la mousse du cappuccino, s'échappât du chemin de ses rêveries. Les yeux où l'on pouvait d'abord lire un éclair de surprise s'illuminèrent soudain en voyant Sébastien se rétablir tant bien que mal sur les premières tables de la terrasse. Puis ces yeux devinrent riants, tandis que trois perles scintillaient entre des lèvres incarnates et charnues. À nouveau, le visage reprit ce ton à la fois doux et sévère qui portait en lui tout son mystère,celui qui, empreint de troublant exotisme, montait des profondeurs de l'Afrique du Nord, et brouillait à cette heure les sens aiguisés de Sébastien.

Se faufilant d'une table à l'autre, il vint s'asseoir avec douceur en face de la fille aux cheveux de jais, prenant la précaution de ne pas rompre la trajectoire du regard qui le suivait sans le perdre.

— Bonjour, firent-ils ensemble, l'air réjoui.

Ils se tendirent la main. Marquant un instant d'hésitation, ils rapprochèrent leurs visages par-dessus la table et échangèrent un bonjour d'un vague baiser posé sur une joue, comme le pratiquent tout simplement de bons et vieux amis. Ce faisant, Sébastien recueillit la sensation d'une chaleur humide sur sa peau. Aussitôt assis, il constata en effet une insigne roseur apparue sur le visage de Mali. Décidément, la beurette était surprenante. Quand elle rougissait, sa peau était plus luisante.

— Tu prends quelque chose ? Un café ?

— Non, rien, merci, répondit Sébastien. Une fois ton cappuccino terminé, je te propose un grand tour de la ville.

— Voilà une excellente idée. J'en mourais d'envie.

Elle avala d'un coup le restant de sa tasse et s'épongea avec délicatesse les lèvres d'un mouchoir de tissu blanc qu'elle tira de son sac à bretelles.

— Tu n'as rien contre la bicyclette ? demanda Sébastien.

— Non, pas vraiment. Pourquoi ? fit-elle en forçant quelque peu son sourire.

— Parce que nous allons emprunter les petits vélos jaunes de la ville, et je te promets que tu ne regretteras pas la découverte. D'accord ?

— D'accord.

Un nouveau sourire, franc et plein d'allant, orna son visage au délinéament délicat et pur. Ils bousculèrent une table ou deux pour s'extraire de la terrasse de *La Marine* puis s'engouffrèrent dans le flot des passants en gagnant le bord de la grand'rive.

L'eau dans le port avait l'aspect d'une mer d'huile. Ils marchèrent sur l'extrême lisière du quai, à l'heure où la marée remplissait le bassin du vieux port. Direction le quai Valin, le dépôt de bicyclettes. Épaule contre épaule, ils slalomaient entre les piétons imperturbables qui venaient en sens inverse.

— Première leçon, fit tout d'un coup Sébastien en pointant l'index sur l'entrée du port. L'histoire de ces tours…

Le soleil, à ce moment-là, écrasait ses dards brûlants sur les vieilles pierres. Des plaques immenses d'une éclatante luminosité cherchaient à combattre les zones d'ombre fraîche qui se fourvoyaient à partir des trous laissés par les meurtrières.

Mali retourna son regard vers Sébastien. Était-ce l'effet de la lumière crue se reflétant sur les pavés blanchis qui éclairait si vivement ses traits pour que sa carnation prît l'aspect de la cire ? Ses deux grands yeux mangeaient de leur brillance le reste du visage. À cet instant, leur pouvoir hypnotique retenait le regard de Sébastien.

Il faisait le savant à la verve facile, la bouche pleine d'anecdotes sur le glorieux passé de la ville, tout en pivotant sur lui-même pour se donner l'importance d'un guide de l'office de tourisme. Mali écoutait attentivement, ne perdait rien des mots et des évocations. Regardant tantôt les tours, tantôt la mer dans le port, tantôt le bout de ses chaussures glissant sur le pavé patiné par le temps, elle commençait à rêver sur la gamme de l'histoire. Un sourire intermittent se glissait sur ses lèvres admiratives de tant de connaissances. Où avait-il donc appris tout cela ?

Parfois tirée du récit par le frôlement trop insistant d'un piéton venant d'en face, elle l'évitait de son corps en se frottant de la hanche ou de l'épaule contre Sébastien. Parfois, les regards étrangement suspects de ceux qui volaient au passage l'image d'une beurette et d'un blanc cheminant côte à côte les suivaient lourdement. Un instant même, le regard de Sébastien croisa ceux de trois ironiques galopins au teint basané qui manifestement cherchaient à le provoquer.

— Tiens ! Encore des nouveaux venus, remarqua-t-il *in petto*.

Lorsqu'ils furent parvenus au dépôt de bicyclettes, Sébastien jeta son dévolu sur deux engins, brillant au soleil comme deux sous neufs, qu'il fit déloger de leurs places par le jeune préposé. Il sortit un billet de sa poche, régla la location et tendit un vélo à Mali en ajoutant :

— Deuxième leçon, un bon cheval pour la grande aventure. Voilà ! Les rues et la ville sont à nous.

Elle enfourcha prestement la bicyclette jaune. Inspirant un long trait d'air, elle s'emplit les poumons d'une joie simple, limpide, dépouillée de ses ornements inutiles. Elle ne le montra pas, mais là, tout au creux de sa gorge, un petit bonheur jaillissant d'une fontaine douce gargouillait déjà.

Sébastien était un fameux guide. Elle, qui avait tant souhaité partir à la découverte de la ville, fut largement servie. Les coups de pédale les portaient deçà delà, d'une rue à l'autre, au milieu d'un carrefour où subitement ils s'arrêtaient. Sébastien montrait une curiosité, un mur, une pierre, une gargouille sous un toit. Tantôt, ils fonçaient sur une grappe de piétons, puis freinaient au dernier moment devant eux, tantôt, ils roulaient nez au vent, sans se préoccuper de la circulation.

Mali ne se contentait plus de sourire, elle riait franchement de ces foucades de gamin. Ses grands yeux ouverts ne perdaient aucune image. Chacune était frappée avec justesse du coin de son imagination. Elle recueillait en mémoire tout à la fois, les mots, les couleurs et les ombres, les sons, toutes les sensations, jusqu'à la chaleur qui enflammait son visage et la sueur qui courait sur sa peau. Flottant dans un éther de bien-être, elle en avait oublié les mornes avenues de sa banlieue et les murs défraîchis des immeubles de sa cité.

Quand ils nouèrent ensemble les bicyclettes contre un pilier de façade du *Café de la Paix*, elle ouvrit un peu plus l'échancrure de son corsage noir et en retroussa davantage les manches.

— Troisième leçon, s'écria Sébastien, il ne faut pas s'habiller de noir à La Rochelle et…

Il éclata de rire, ne pouvant poursuivre. Il regardait piteusement Mali, retrouvait son sérieux, puis repartait de plus belle à pouffer de ses sottises.

— Qu'y a-t-il de si drôle ?

—… et il ne faut surtout pas, reprit-il sur sa lancée, porter un pantalon moulant pour rouler à bicyclette.

Effectivement, aussitôt mis pied à terre, Mali avait des allures de cow-boy aux jambes arquées et bancroches, tant le tissu tirait sur sa partie inférieure.

— Allez, viens. Je te paie un coup à boire, conclut-il en la poussant d'une petite tape dans le creux des reins vers l'intérieur du café.

Elle apprécia probablement cette familiarité instinctive, car elle cambra mollement l'échine à la manière d'une chatte que l'on caresse et lança un de ses meilleurs sourires à son compagnon.

Des nuages de fumée bleue et âcre flottaient partout dans le café. Dommage qu'il n'y eût pas de place en terrasse. Sébastien pinça une grimace entre ses lèvres et s'éclaircit la voix d'une toux gutturale. Il ne faisait pas plus frais à l'intérieur qu'à l'extérieur. Au bar, elle dégusta un expresso. Lui, avala un perrier.

En ressortant dix minutes plus tard du café, la touffeur de l'air s'était accentuée.

— Ne restons pas là, suggéra Sébastien, on va crever de chaleur. Il nous faut de l'air, de la fraîcheur. Je te propose une piste nouvelle.

Il ne savait pas si bien dire, car à peine remontés sur les bicyclettes jaunes, ils s'aventurèrent l'un derrière l'autre sur une piste cyclable en direction de Port Neuf et Chef de Baie. Là, ils trouveraient leur affaire.

— Tu as une idée en tête, n'est-ce pas ? demanda naïvement Mali.

— Oh ! Que oui ! Une baignade, ça te dit ?

— Mais je n'ai pas de maillot de bain et je ne sais pas nager.

— Ah, oui ! Évidemment. On avisera sur place. Suis-moi, ou viens à mes côtés. Comme tu le sens. Mais fais-moi confiance.

Elle acquiesça. Elle avait confiance en lui et préféra le suivre. Ils entamèrent une course folle, roulant à vive allure dans les allées des parcs publics, remontant la grande avenue Jean Guiton, zigzaguant par ici, tournant dans une rue par là. Sébastien connaissait tous les passages faciles, savait éviter chaque trou de la chaussée, semblait posséder sa ville par cœur.

La joie à fleur de peau, Mali s'amusait fabuleusement. Son pantalon étroit collait à ses cuisses, ce qui ne l'empêchait pas de pédaler à perdre haleine, roue dans la roue avec Sébastien. Volant à l'air libre, ses cheveux miroitaient sous le soleil de quatre heures en laissant s'échapper des nuées d'étoiles tout droit sorties de la traîne d'une comète. Elle avait dans les veines du sang venu d'Afrique, donc elle savourait sans restriction le picotement des insectes sur sa peau, les bouffées de chaleur entrecoupées de trous de fraîcheur et l'air chargé de lumière qui obligeait à plisser les paupières.

À cette allure, ils parvinrent sans y prêter attention aux abords de la plage de Chef de Baie. Il y avait foule à cette heure de la journée. Partout, des cris tapageurs couraient entre la plage et la frange d'écume. La brise de mer, douce mais traître sous le soleil, gonflait de son souffle les joues des cerfs-volants maniés adroitement par des enfants au-dessus des rochers, sur l'aire engazonnée. En fines guirlandes aveuglantes, le friselis des eaux aux tons d'émeraude renvoyait la lumière dont les milliers de miroirs irritaient les yeux.

Comme dans les rues de la ville, ils fonçaient avec leurs bicyclettes sur des obstacles parfois imaginaires, puis s'arrêtaient pile sur un coup de frein brutal et perdaient leur équilibre en riant toujours plus fort. La sueur coulait sur la peau, les cheveux collaient au front et les vêtements trop étroits retenaient la moiteur. Mais Mali s'amusait follement.

Alors, une idée abracadabrante germa dans l'esprit

de Sébastien. Entraînée sans malice par son compagnon, Mali le suivit dans la pente vers la plage. Passant à vive allure le porche percé dans la maison de plage, ils dévalèrent sur leurs bicyclettes la bande de béton qui se jette tout droit dans la mer. Malgré ses hurlements ivres et ses vaines protestations, Mali se sentit inexorablement aspirée dans la descente, évitant de justesse un couple de baigneurs qui explosa de colère. Plus rien n'était possible, elle perdait de plus en plus le contrôle de son vélo, et l'issue s'acheva en deux grands ploufs, deux gerbes d'eau écumante, deux grands cris entre des baigneurs aux regards médusés.

— Tu es fou ! Complètement fou ! hurlait-elle alors qu'elle suffoquait et tapait sur la surface de l'eau pour se rétablir debout.

Mali ne savait plus si elle devait pleurer, rire ou protester. L'eau salée mélangée aux larmes ruisselait sur ses joues. Deux coulées de morve descendaient jusqu'à sa bouche et ses beaux cheveux de jais formaient un épais casque noir qui emprisonnait son visage et lui enserrait le cou. L'air pitoyable, elle se trouvait à la frange du rire et des sanglots. S'examinant ainsi, entièrement trempée, son sac à bretelles empli d'eau de mer, Mali se considéra si ridicule qu'elle prit finalement le parti d'en rire, en tentant tant bien que mal de s'extraire du tapis d'écume qui se déroulait en mourant sur le sable.

— Tu es vraiment fou, Seb ! s'écria-t-elle, sans que le ton employé marquât l'envie de lui en vouloir vraiment.

Deux maîtres-nageurs des CRS alertés par les cris

accoururent et tirèrent sans ménagement les deux intrus et leurs bicyclettes de leur baignade improvisée. Un attroupement se forma, des murmures grondèrent. Un témoin s'emporta, d'une humeur de chien enragé. Ils auraient pu blesser du monde, des enfants !

— Faites quelque chose, vous, les CRS, contre ces barjots ! Vous êtes là pour ça, non ?

Aucun des deux sauveteurs ne répondit, mais ils fendirent le cercle des curieux en entraînant les deux individus poissés d'eau salée qui traînaient tant bien que mal leurs bicyclettes jaunes. Il y avait autre chose à faire qu'à les abandonner à la vindicte des baigneurs.

— Comment ? Toi ? s'étonna l'un des maîtres-nageurs en reconnaissant Sébastien.

L'hébétude s'afficha sur le visage du grand gaillard blond, bronzé, à la musculature d'athlète, regardant tour à tour les deux lamentables loques ruisselantes. Un coup d'œil rapide comme un éclair, souligné d'une moue complice de Sébastien, fit que les questions du grand blond restèrent soudées à ses lèvres.

Au poste de police, une fois franchi le seuil tapissé de sable, une pluie nourrie de remontrances et de capucinades s'abattit sur Sébastien et sa compagne. Tantôt la tête basse, tantôt le regard fuyant, cherchant à passer au travers de la baie vitrée pour contempler le large, Sébastien prit tout sur lui.

— C'est moi le seul fautif. Mademoiselle n'y est pour rien, messieurs. D'accord, j'ai été un peu léger, et je l'ai entraînée dans un coup de délire, mais…

— C'est bon pour cette fois, coupa l'athlète aux

cheveux blonds, allez plutôt vous sécher à l'écart.

Et il leur tendit machinalement une serviette de bain.

Comme l'avait suggéré le CRS blond, une grande bande de gazon un peu plus loin, hébergea Mali et Sébastien. Les reproches rengorgés, la gêne oubliée, ils s'étendirent côte à côte pour se laisser sécher aux rayons du soleil.

D'abord, pas un mot entre eux. Sébastien s'étendit, les bras en croix, les vêtements alourdis d'eau de mer. D'une moue boudeuse, Mali renversa consciencieusement le contenu de son sac dans l'herbe pour éparpiller un fatras d'étranges babioles, de choses sans valeur, de pâles gris-gris porte-bonheur. Ces petits riens, vagues objets de souvenir, relevaient plutôt d'une sorte de mièvrerie enfantine.

Tout à coup, des soubresauts incontrôlables soulevèrent la poitrine de Sébastien. Après des gloussements étouffés, il se mit à rire franchement en tournant la tête du côté de Mali. Assise sur l'herbe, elle se séchait les cheveux avec une extrémité de la serviette de bain.

— Pourquoi ris-tu ?

— Pour rien.

— Franchement, dis ! Il y a bien une raison.

— Je te jure que non. C'est la situation cocasse qui m'amuse. C'est tout.

— Tu les connais, ces maîtres-nageurs ? demanda-t-elle tout en épongeant énergiquement son épaisse chevelure.

— Oh ! Des connaissances, comme ça, répondit-il

en agitant les doigts dans le vague. Tu sais, reprit-il, je sors souvent la nuit. Je rencontre beaucoup de monde dans les boîtes et dans les bars. Et puis je suis un vieux Rochelais. Je suis allé à l'école avec beaucoup d'entre eux. Alors entre les gigolos, les flics et d'autres types…

Son air convaincant mit fin à l'interrogation qui occupait l'esprit de la jeune femme depuis un moment. En fait, qui était-il vraiment, ce Sébastien ? Pour un homme qu'elle avait trouvé réservé, coincé dans des vêtements plutôt stricts, il était capable de se dévergonder facilement. Elle se dit qu'elle était loin de l'avoir entièrement découvert. D'ailleurs, ils ne se connaissaient que de la veille, après cette affaire de chope de bière répandue sur son pantalon.

En y repensant, elle lui sourit, plongea le bleu de ses yeux clairs dans son visage d'ange et s'étendit pour recueillir la tiédeur de l'air marin. Elle tira sur sa vue le rideau de ses paupières, s'emplit la poitrine d'une forte inspiration qu'elle conserva le plus longtemps qu'elle put en elle pour en savourer l'odeur. Ça sentait à foison le fraîchin, la vase, le sable chaud, l'air saturé de sel. Toutes ces sensations olfactives parcouraient son être, corps et âme confondus, tandis que le soleil ardait sur sa peau redevenue moite.

Ils laissèrent courir sur eux l'émolliente brise qui prenait son élan au ras du sol et finissait sa course dans les cerfs-volants. Sébastien gardait les yeux ouverts, tout en sombrant dans la profondeur de l'azur d'Aunis qui avait repris possession du ciel au début de juillet. Jamais, depuis des mois, il ne s'était senti flotter dans un bain d'aise aussi puissant que celui du temps présent. En fondant son regard dans l'infinité bleue, il se mit à penser à cette jolie femme couchée à ses côtés. L'envie de lui prendre la main et de la sentir vivre avec son corps le gagna soudain. À travers les paupières mi-closes, il devinait les traits de son visage d'ivoire vieilli, ses pupilles de saphir, son nez joliment busqué, sa bouche ourlée d'ébène qui le faisaient un peu plus rêver aux tentations enivrantes d'un mystérieux Maghreb.

— Parle-moi de toi, fit-il en surgissant de ses songes et tout en gardant les yeux clos. Tu ne m'as rien dit de toi, continua-t-il comme s'il avait un reproche à lui faire.

Un instant de silence prolongea ses interrogations. Tout à jouir du moment, elle balbutia, immobile, les yeux fermés.

— On est bien comme ça, tu sais. Est-ce que ça vaut la peine de rompre le charme et de nous rappeler ce que nous sommes ? Je suis moi, tu es toi, ça devrait nous suffire.

— Quand même, juste un petit bout de ta vie, tout ce que tu voudras me dire. C'est normal que je cherche à te connaître un peu. Je t'ai bien parlé de moi.

Elle mit un temps pour réfléchir. Il n'avait pas entièrement tort. Elle comprenait la légitimité de sa curiosité. Mais que dire de soi quand il n'y a rien à faire connaître, ou trop à raconter ?

Sébastien ouvrait maintenant les yeux et les noyait dans l'immensité du ciel quand elle prononça les premiers mots. Il tourna très lentement la tête pour regarder murmurer ses lèvres.

— J'aurais pu appartenir à une famille pauvre, modeste, comme ceux de mon monde ou ceux de ma race. Le teint de ma peau justifierait que je demeure dans une cité crasseuse aux murs couverts de tags et aux escaliers puants. C'est ainsi que j'aurais pu m'imaginer, à endurer la colère d'un père qui se saoule à longueur de temps, à subir l'humeur de grands frères tyranniques, à me lever dès cinq heures du matin pour me jeter dans une rame de métro et remplir un boulot monotone de caissière d'hypermarché.

Ses propos se chargèrent d'un lourd et long silence. La phrase suivante restait suspendue, tournoyant dans l'air, tels ces cerfs-volants qui virevoltaient au-dessus d'eux. Sébastien s'était soulevé sur un coude et un frisson inconfortable le parcourut. Il retint sa respiration, de crainte de ne pas pouvoir entendre la suite.

— Et pourtant non, poursuivit-elle, les yeux toujours clos. Ma vie n'est pas celle-là. Bien que j'habite la banlieue, je ne vis pas dans une cité-dortoir, je ne suis pas une fille soumise, je suis étudiante en droit à Assas. Ma mère s'occupe de mes petits frères et mon père est un cadre chez Renault. Voilà, es-tu plus satisfait maintenant ?

Clignant peu à peu ses paupières, comme éblouie au sortir d'un songe, elle tourna lentement la tête pour savoir comment Sébastien réagissait à ses paroles. Elle venait de dérouler en peu de mots le film de sa vie.

C'est un grand sourire de Sébastien qu'elle cueillit du regard. Apparemment oui, il semblait satisfait, flatté même, de fréquenter une fille aussi singulière, une enfant d'immigrés qui se présentait comme modèle d'intégration.

— Je suis désolé, murmura-t-il humblement. Je ne voulais pas t'ennuyer avec mes questions, je voulais juste savoir…

La suite restait bloquée dans le fond de sa gorge. Il avalait abondamment sa salive. Mali le sauva du mauvais chemin sur lequel il venait de s'engager en lui lançant encore un de ses splendides sourires qu'elle avait le don de placer sur ses lèvres incarnates. Elle n'en voulait pas à ce garçon aux traits d'éphèbe qui ne la quittait pas de ses yeux presque implorants. Une question saugrenue traversa ses pensées : est-ce que les anges du paradis lui ressemblent ? Son sourire se mua alors en rire qu'elle légitima de deux mots :

— Grand idiot !

4

Le soleil revêtait de crêpe noir le bel or de ses feux. Les gens se confondaient aux ombres dans la lumière d'un jour qui se mourait alors que les réverbères du cours des Dames laissaient scintiller timidement leurs premières lueurs de néon rosâtre. L'heure était à la pause avant la vie trépidante d'une autre nuit.

Depuis qu'ils avaient rendu leurs bicyclettes au préposé de la ville, logé dans le petit cabanon du square Valin, ils avaient flâné sur le quai Duperré, croisant avec indifférence le peuple des badauds du soir. Leurs vêtements collaient encore à la peau, imprégnés de l'odeur saumâtre du bain de mer forcé. Mali ressentait une molle douleur dans ses cuisses tant elle avait appuyé sur les pédales de la bicyclette.

En cheminant nonchalamment au sein de la foule de noctambules, ils se frôlaient parfois, prêts à se toucher. Ce fut de Sébastien que vint l'initiative. À cette heure où le jour s'abandonne, les tensions elles aussi se relâchent et les désirs prennent la place. Effet de la nuit tombante ?

Tout avait commencé par un geste inattendu.

Sébastien s'était subitement accroché au bras de Mali quand il avait voulu éviter une chute du trottoir, puis sa main s'était nouée naturellement à celle de la jeune femme, sans brusquerie, avec délicatesse même. Ce qu'il n'avait pas osé tenter au cours de l'après-midi sur le gazon de la plage, il l'accomplissait maintenant sans hésitation.

Elle n'éprouva aucune gêne. Pas un seul mouvement de surprise ne modifia sa marche. Son pas n'hésita nullement. Elle poursuivit calmement son chemin au côté de son compagnon et imprima même une ferme pression de ses doigts emprisonnés dans la main de Sébastien comme pour lui dire : «*reste maintenant, garde-moi, je suis bien avec toi.*»

Et aussitôt, lorsqu'ils tournèrent l'un vers l'autre la tête, deux sourires complices naquirent sur leurs lèvres, et leurs regards restèrent plongés longuement l'un dans l'autre pour se demander si ce qu'ils ressentaient était vrai. Ils en étaient à se désirer du bout des yeux sans que les frôlements des passants ne vinssent troubler ce moment de tendre complicité.

Lorsque Mali rompit le charme en baissant le regard, Sébastien qui tenait plus que jamais ces doigts si dociles et si frêles, détourna à son tour la tête. Il fixa le long ruban de la chaussée que la foule devant eux encombrait sur toute la longueur du quai.

— À quoi penses-tu ? murmura-t-il en rompant le silence.

— Je songe à ce merveilleux après-midi passé ensemble, à courir comme des gamins fous, à humer le vent salé et les odeurs de vase, à sentir la peau brûler sous les rayons du soleil, à vivre libre, sans retenue.

Sébastien s'était montré tel qu'elle rêvait des garçons : doux, attachant et drôle. De plus, Sébastien était cultivé, un brin fanfaron, moqueur sans être ironique. Un être qui lui plaisait beaucoup. Entre eux s'étaient insinués aussi la brise du large, les senteurs venues de la mer et tout un monde inexploré de petits plaisirs très denses.

Désormais attachés l'un à l'autre par la main, ils étaient de ceux qui s'isolent du monde lorsqu'un trop-plein de désir s'apprête à déborder de leurs cœurs. Dans leurs veines, ils sentaient déjà battre le sang à gros flots, résonnant dans leurs doigts et frappant en écho le reste de leur corps.

— Viens, je t'emmène, chuchota Sébastien à l'oreille de Mali, tant le souffle tout d'un coup gonflé d'émotion lui faisait défaut.

Elle ne demanda même pas où il la conduisait. Elle acquiesça sans savoir, prête à se laisser guider, marchant comme un aveugle dans le noir. Elle tourna vers lui son regard désormais illuminé de cette joie qui naît lorsqu'on s'attend à connaître des plaisirs encore inexplorés. Et en réalité, n'était-ce pas par envie d'inconnu qu'elle avait échoué dans ce port à La Rochelle ? N'avait-elle pas souhaité goûter à cette douce crainte qui précède les désirs, sentir l'émotion la brûler à la manière d'un miel trop sucré qui laisse une aigreur au creux de l'estomac ?

Si elle avait menti à Sébastien sur son passé cet après-midi, elle ne se mentait pas à elle-même. Sa vérité se révélait dans le tumulte subit de son cœur, dans l'agitation intime qui l'envahissait et que Sébastien devait déceler à travers le battement du sang dans ses veines. Alors, elle se dit qu'elle n'avait aucun reproche à se faire. Après tout, elle n'avait livré qu'une interprétation de sa vie et pour vivre un moment de bonheur, il ne lui semblait pas nécessaire de tout avouer à cet homme qui commençait à lui plaire. Il convenait de ne rien brusquer. Un moment de bonheur, on ne l'effraie pas de questions, on le laisse jouer comme ça lui plaît, on se laisse prendre dans les mailles de son bon plaisir.

Ainsi Mali voyait-elle la fin de ce jour qui déclinait. Alors, un peu plus d'inattendu n'était pas pour lui déplaire.

Ils bousculèrent trois tables de la terrasse du café de *La Marine* et prirent place dans les deux seuls sièges libres face aux tours du port. Elle commanda son cappuccino, lui se contenta d'un grand verre de Perrier. Il lui reprit la main, la plaça dans la sienne. L'un et l'autre se tinrent silencieux et paisibles à regarder le manège incessant des passants qui coupaient, par intermittence irrégulière, le spectacle de la nuit tombant sur le vieux port.

Déjà, des acidalies aux ailes multicolores folâtraient autour des lampes, se faisant dangereusement happer par le piège de lumière. En regardant les insectes virevolter au-dessus de lui, Sébastien se dit que la chance ne se laisse pas attraper comme ces médiocres papillons. Saisir cette chance maintenant et entretenir le bonheur présent jusqu'à ce qu'il éclose et fleurisse généreusement occupait ses pensées.

Alors, quittant ses songes, il s'anima.

— Es-tu partante pour une tournée de nuit, dans les boîtes et les bars ? Les Francos, ça te dit ?

Elle réfléchit, amorça une moue toute de circonstance. Mais elle acceptait volontiers. Avec ce garçon, elle avait le sentiment de ne rien craindre.

— Il faut que je me change auparavant, répondit-elle en lui caressant le dos de la main. Je ne peux plus supporter ce jean trop serré. J'en ai pour une demi-heure. Je te retrouve ici ?

— Je t'accompagne si tu le permets.

— Non, non, pas la peine. J'aurais vite fait de prendre une douche et de passer un autre pantalon et un pull.

— Une robe, rétorqua-t-il.

— Pourquoi, une robe ?

— Tu verras. Fais-moi confiance, encore. Prends un pull si tu veux, car la fraîcheur du soir est surprenante ici. Et reviens bien vite en robe, ajouta-t-il tandis qu'elle buvait d'un trait le restant de son cappuccino.

Partie en trombe, Mali se faufila entre les passants qui envahissaient à gros flots le haut des trottoirs et se répandaient même sur la chaussée. Sébastien la vit disparaître, engloutie dans la masse humaine sur le cours des Dames.

Une demi-heure était passée et Mali n'était toujours pas revenue. Entre temps, deux jeunes femmes s'étaient installées en terrasse, tout près de Sébastien.

— Les places sont libres ?

— Euh… Oui, avait-il répondu, laissant avec regret l'une des jeunes brunettes prendre place dans le siège précédemment occupé par Mali.

Les nouvelles venues se mirent à parler de leurs petits riens quotidiens. Assise non loin de Sébastien, l'une commençait à l'agacer avec son accent pointu changeant d'octave à chaque fin de phrase. Il tenait en horreur ce nouveau genre de préciosité de langage.

L'autre qui lui faisait face n'avait cessé de lui jeter des œillades. Lui plaisait-il à celle-là ? Certes, elle ne lui était pas indifférente, plutôt mignonne et moins maniérée que son amie. Les yeux pourtant fixés sur le reflet des deux tours dans le port, Sébastien sentait le regard de la jeune femme brune effleurer épisodiquement son visage au point qu'il avait l'impression d'en ressentir une certaine douceur. Un duel de coups d'œil s'engagea et à la dernière passe la jeune femme rompit l'échange.

— Vous reprenez une consommation ? demanda au passage le garçon qui venait prendre la commande des deux brunettes.

En l'absence immédiate de réponse, le garçon reprit.

— Vous attendiez peut-être quelqu'un ?

Les yeux de Sébastien fuirent sur sa gauche et, derechef, plongèrent dans ceux de la jeune femme en face.

— Non, elle est partie.

Quand la petite brunette aux cheveux courts entendit la réponse, elle baissa le nez sur son verre de Coca-Cola et ne revint plus chercher Sébastien du regard. Alors, amusé par le succès inattendu qu'il venait de remporter, il étira sur ses lèvres un sourire malicieux, se leva de son siège en faisant sonner un *au revoir* délicieux, puis alla se fondre dans le ruisseau continu des passants. Mali n'était toujours pas reparu.

Le quai était maintenant entièrement livré aux piétons. Là-bas, tout au fond du port, derrière les lampions tournoyants du vieux manège, les éclairs bleus d'un barrage routier brouillaient la quiétude du soir : la circulation des voitures serait déviée jusqu'à minuit.

Sébastien s'enfonça un moment dans la presse affluant du bout du quai, la coupa de part en part et se retrouva au pied de la statue altière de l'amiral Duperré, ceinte à sa base d'une écharpe de motocyclettes, de scooters et de bicyclettes bigarrés. Tout à côté un joueur de djembé commençait à tambouriner faisant écho à d'autres gratteurs de guitares regroupés sur les bancs du cours. La fièvre d'un nouveau soir festif s'avivait au fur et à mesure que grossissaient les grappes de badauds et de festivaliers se rendant à l'entrée de l'esplanade Saint-Jean d'Acre. Il n'y avait alentour que grouillements marqués de lenteur et dandinements de gens marchant sans but. La rumeur résonnait comme un bourdonnement de ruche et s'évanouissait ensuite dans les fumées graisseuses des merguez grillées. Seules les pétarades étourdissantes des groupes électrogènes émergeaient de ce murmure informe qui semblait flotter dans une amollissante lenteur.

Arrêté au pied de la statue de l'amiral, Sébastien s'était appuyé contre le cuir d'un siège de motocyclette. Voilà quarante-cinq minutes que Mali s'était fondue dans la multitude du cours des Dames. Il scrutait en vain les vagues successives de promeneurs indolents pour y déceler sa présence. Rien.

Las de fixer les visages les uns après les autres, il revint vers la terrasse du café de *La Marine*. C'est là qu'il aperçut subitement Mali, transformée, maquillée, assise paisiblement à une table. D'une main, elle portait à sa bouche une cigarette, tandis que les doigts de l'autre main pianotaient sur le marbre de la table. Sébastien n'eut d'autres mots que :

— Eh bien !

— Ah ! Tu es là ! Excuse-moi, rougit-elle en se levant, j'ai pris plus de temps que prévu. Une douche, un petit brin de maquillage…

— Je vois, coupa-t-il sobrement en joignant à ses mots un sourire admiratif.

Mali portait une chevelure plus finement crêpelée, comme passée au fer à friser. Ses lèvres montraient une luisance ténue qui dénotait une adresse certaine pour le maquillage. Elle s'était libérée de ses vêtements noirs, et il n'y avait aucune faute de goût à sa nouvelle apparence. Toute sa tenue se mariait harmonieusement, de la jupe au débardeur, du pull-over jeté sur les épaules aux chaussures, du vernis déposé sur les ongles aux cheveux lustrés.

— À moi maintenant. Il faudra que tu poirotes un petit peu pendant que je ferai une toilette, annonça-t-il d'un air taquin. Tu viens ? On va chez moi.

C'était la première fois qu'il osait conduire une femme dans son appartement depuis qu'il s'y était installé. De son côté, elle était curieuse d'investir un peu dans son univers. Désormais, il ne pourrait plus conserver tous ses secrets pour lui seul. Il allait se découvrir et ce n'était pas pour déplaire à Mali. Au contraire, au jeu de la devinette, il allait perdre des points !

La nuit était tombée. Ils étaient venus à pied jusqu'à la rue Saint-François, cheminant un peu plus serrés l'un contre l'autre, toujours attachés par la main. Parfois, Sébastien lui ceignait la taille, galamment, délicatement.

Au numéro 13 de la rue, ils grimpèrent l'escalier étroit jusqu'au deuxième étage. Une grosse porte aux panneaux pleins renvoyait la brillance bleue de sa peinture sur le parquet luisant du palier. Tout était d'une propreté méticuleuse et sentait la fraîcheur d'un endroit rénové. La gaieté du palier se reflétait à l'intérieur de l'appartement aménagé en loft.

Dès l'abord, il se dégageait une chaleur tendre, douce comme un crépon de soie et généreuse à l'image de l'occupant des lieux. À travers la large lucarne qui mangeait une partie du toit, tombait un rayon de lune argentant la table. Les deux chaises du coin-repas se cachaient derrière un bar. À droite de l'entrée, trônait un lit majestueusement recouvert d'une couette de plumetis jaune et blanc sur lequel semblaient éclos des boutons de rose. Des deux fenêtres ouvertes donnant sur la rue pendaient de lourds rideaux de lin écru, soutenus par deux embrasses. Emprisonnée entre les fenêtres, dormait une vieille commode repeinte en gris tourterelle. L'ensemble se détachait sur une tapisserie d'un jaune soutenu qui ajoutait de l'éclat aux choses.

À l'air ébloui que Mali témoigna, Sébastien répliqua par un sourire amusé.

— Ça te surprend, n'est-ce pas ?

Elle demeura muette. On aurait cru une Esméralda égarée dans les jardins d'Ulysse. Mali balayait du regard toutes les curiosités qui meublaient le loft, prenant le temps de s'imprégner de toutes les sensations. C'était vraiment un drôle d'univers que celui de Sébastien.

Rapidement dépouillé de ses vêtements, il s'était lancé vers la salle de bain.

— Tu ne pensais pas qu'un célibataire de mon genre vivait dans un petit nid si douillet ! Sers-toi, prends un verre si tu veux. Il y a de l'alcool dans le petit buffet ou du jus de fruits dans le réfrigérateur. Mets de la musique. Juke-box ou tourne-disque ! Les quarante-cinq tours sont dans le grand placard à côté du lit.

Tout cela fut dit avec alacrité depuis la douche dans laquelle battait une ondée crépitant tantôt sur le carreau tantôt sur le rideau ciré.

Elle regardait autour d'elle, occupée seulement à découvrir tout ce qui faisait de lui ce qu'il était et comme elle l'avait déjà deviné : un homme sensible, enjoué, généreux et assurément beau. Elle effleura du bout des doigts un gros ourson au poil défraîchi assis dans une chaise d'enfant. Elle lui adressa un sourire de petite fille.

Puis, soudain réveillée par ce qu'elle venait d'apercevoir, elle bondit vers le bar et se jeta sur un de ces hauts tabourets dont le siège peint en rouge minium figurait celui d'un tracteur agricole. Le siège tournait sur lui-même. Dans un élan, elle donna un coup de reins, pivota une fois, deux fois, trois fois, laissant défiler sous ses yeux les trois cent soixante degrés du loft pour s'éblouir de ce qu'il contenait.

Au quatrième tour, elle sauta en marche, attrapa une pomme dans un banneton posé sur un guéridon, la porta à la bouche et se mit à la croquer suavement. Puis elle s'approcha du juke-box en roulant des hanches. Il y avait du bonheur dans ses mouvements, une joie nouvelle et complète dans ses gestes et un rayonnement exceptionnel sur son visage, qui se transcrivaient par des milliards d'étincelles dans la prunelle azuréenne de ses yeux.

Mali aperçut cette métamorphose magique dans le reflet de la vitre bombée du juke-box et comprit. Elle voulait toucher tout ce qui était de lui, tout ce qui lui appartenait, comme pour se l'approprier intimement.

Elle laissa ses doigts errer avec agilité sur les touches de l'appareil à musique, en enfonça une tout en fermant les yeux, laissant le hasard choisir pour elle. Hasard, superstition des gens heureux et seigneur des jeux d'amour.

Le disque se mit à nasiller d'un coup, et une voix sucrée, empreinte de tendresse, murmura à la façon du King les premières paroles.

« Sur le port de La Rochelle,
Je t'ai embrassée si souvent
Je me souviens, tu étais belle,
Et tu as changé mon cœur d'enfant. »

Pendant que Jesse Garon, qui lui était parfaitement inconnu, chantait sa complainte et que Sébastien s'adonisait devant le miroir de la salle de bain, elle fit coulisser d'un doigt la porte de formica blanc du placard mural près du lit. L'ongle de son index cliqueta sur l'infinie rangée de vieux disques en vinyle qui garnissaient les trois quarts des étagères. À nouveau au hasard, elle sortit un quarante-cinq tours et lut sur la jaquette : Bécaud au Zénith.

— Tu n'aimes pas la musique moderne ? s'écria-t-elle, stupéfiée par cette montagne de disques.

— Si, beaucoup. Pourquoi ?

— Tu as des goûts un peu ringards, reprit-elle tout fort avant de citer : Elvis, Dassin, Montand, Vartan, Gréco, Dassary…

— Regarde aussi au-dessous et dans le deuxième placard. Il y a du Fats Waller, du reggae, du Tri Yann ou des valses de Vienne, les Rolling Stones et Pink Floyd aussi. D'ailleurs, ce n'est pas être ringard que d'aimer tout ça. C'est de l'éclectisme, ajouta-t-il, martelant les syllabes d'un ton faussement doctoral.

Il y eut un temps de silence avant que Mali ne demandât :

— Qu'est-ce que ça veut dire éclectisme ?

Il y eut un autre silence. Sébastien fronça le sourcil et une étincelle de doute éclaira sa pupille. Une fille qui faisait Assas et qui ne connaissait pas le sens du mot éclectisme ? Enfin, il se dit qu'on enseignait bien mal le français de nos jours. Et le soupçon s'évanouit comme il était venu.

— Cela veut dire que je ne suis pas sectaire ! lança-t-il, toujours depuis la salle de bain.

Jesse Garon finit enfin ses lamentations en hurlant sa question à travers le juke-box : « *Dis-moi quel était ton prénom.* » Mali se prit soudain à rire et finit par donner un coup de dents au reste de la pomme. Tout cela sonnait mal : le cri douloureux du chanteur, le trognon de pomme entre ses doigts, les ringardises opposées au modernisme des lieux, et Sébastien, radieux, qui faisait durer le plaisir dans la salle de bain. La situation lui parut d'un coup complètement ridicule. Garon qui pleure et Sébastien qui rit.

— Je le vois bien que tu n'es pas sectaire, s'exclama-t-elle enfin, et c'est pour ça que je t'... Non. J'allais dire une bêtise.

— Allons, dis ! s'écria-t-il derrière la porte.

— Non.

Sébastien insista.

— Que voulais-tu me dire ?

— Non, plus tard, bredouilla-t-elle en portant son regard vers le désordre des toits qui s'étendait au-delà de la lucarne.

L'instant d'un rêve fugitif étant passé, elle pirouetta pour voir où Sébastien en était de ses préparatifs. C'est alors qu'elle eut cette subite apparition. Devant elle se tenait une forme humaine, un moine revêtu d'une robe de bure couleur-tabac descendant jusqu'aux chevilles. La forme glissait sur le sol, le visage disparaissant sous la capuche, les bras enfermés dans de larges manches. Elle avait envie de rire, et en même temps elle ressentait une petite frayeur d'enfant se propager sur sa peau. Ce fut aussi un picotement de plaisir qui s'empara de son cuir chevelu. Le moine Sébastien se mit à gronder :

— Repentez-vous, mes frères et mes sœurs, car vous avez péché !

Elle fut prise d'un rire nerveux et frénétique puis s'esclaffa machinalement :

— Arrête, grand gamin !

Mais le moine avançait toujours, droit sur elle. Elle ne bougea pas. Lorsque l'homme à la bure fut prêt à la heurter de son corps, il ôta la capuche d'un geste prompt et afficha un sourire rayonnant. Sébastien s'empara du trognon de pomme qu'elle allait porter à sa bouche, y mordit, puis fredonna, artificiellement sensuel :

— Il est venu le temps d'aller pécher, ma fille, dans les rues de La Rochelle. Dis-moi, quel est ton prénom ?

5

Une tache luminescente grandissait sur le voile du rideau de coton, une tache ronde comme un orbe. L'œil du jour venait, en curieux, fouiller le fond du loft. On aurait dit qu'il cherchait malicieusement à troubler le bonheur des occupants.

Comme au premier matin de la Genèse, une fois le chaos des cieux apaisé, l'univers de la chambre reposait dans un calme de création. Là, reposant sur la couche commune, l'homme et la femme sommeillaient, semblables à deux anges tombés du ciel, libres comme au premier jour de la vie. L'un avait la peau d'une blancheur éburnéenne, l'autre étalait l'airain de sa carnation sur le drap de lin écru, tous deux encore ivres de leur déduit nocturne.

Les deux respirations soulevaient régulièrement leurs poitrines, au rythme du tic-tac d'un réveil qui n'avait pas résonné. Sur le bras gauche de Sébastien s'épandait un torrent de cheveux ondoyants et coruscants sous le rayon de lumière qui venait les effleurer. Seul un petit bout de nez finement sculpté sur lequel on pouvait voir battre la narine, émergeait de l'amas capillaire. Le reste du visage s'enfonçait dans le creux de l'aisselle nue de Sébastien.

L'ankylose de son bras et le fin pinceau de soleil qui avait forcé le barrage formé par le rideau le réveillèrent. Longuement, il prit le temps d'ouvrir les paupières. Il tenait à savourer lentement ce plaisir qui naît dans la nouveauté du matin, lorsqu'au réveil, la conscience, plus rapide que l'éclair, parle déjà à l'esprit du spectacle sur lequel le regard ne s'est pas encore posé.

Il craignait de bouger, d'éveiller trop brusquement cette fée africaine qui devait rêver encore, la tête reposant sur son sein. D'un souffle doux qu'il fit rouler entre ses lèvres, il caressa d'abord les touffes de cheveux crêpelés autour des tempes. Puis il porta le faisceau de fraîcheur au plus près, sur la joue, le bout du nez, et la bouche incarnate qui s'entrouvrit et sembla mâchonner du vide. Alors, entre deux battements de cils, il vit luire une perle, puis une deuxième et enfin une agate bleue d'azur, braquée sur ses lèvres.

— Bonjour, bonjour mon amour, susurra-t-il.

Tout en murmurant, il promena son index sur le front rebondi, s'égara sur la glabelle, à la naissance de deux arcs couleur de charbon, descendit le long de la courbure du nez et s'arrêta sur le bord des lèvres où l'on pouvait apercevoir un rictus amusé.

Mali s'étira lentement, quitta le nid chaud de l'aisselle où elle avait trouvé sa place, s'écarta de Sébastien pour mieux le contempler. Elle avait rabattu contre elle un bout de la couette qui recouvrait une partie de sa nudité. Comme elle prenait appui sur un coude, des festons de lumière venus de la lucarne ourlaient le pourtour de sa silhouette et la transfiguraient en une statue antique.

— Que tu es belle !

Elle sourit délicieusement.

— Comme tu as été caressant cette nuit ! lui répondit-elle, amoureusement.

— Ta beauté est celle d'une reine de Saba.

— Je ne te crois pas. Tu te moques.

— Non, tu as raison, pas la reine de Saba, se défendit-il.

Il allongea le bras. Sa main dessina dans l'air les contours du corps de la reine attentive et immobile contre lui avant d'ajouter :

— Elle est tout autre, ta beauté. Tu sors de mes rêves de mille et une nuits. Tu es Schemselnihar, une princesse au regard de crépuscule et moi, le prince de Perse qui n'a d'yeux que pour t'admirer.

Elle ignorait tout de la poésie orientale, mais la comparaison lui plut au-delà de ce qu'elle pouvait comprendre. Il possédait l'art et la manière de poétiser la femme.

En renversant la tête en arrière pour rire, un gloussement de plaisir secoua sa gorge qui s'offrait d'un coup impudiquement au baiser. La tentation fut trop forte. Sébastien plongea ses lèvres à la base de son cou, là où le sang bat chaudement à grands jets et où la senteur de la peau est plus tenace. Il respira profondément les effluves de son parfum fleurant le fruit du jambosier.

— Je suis bête quand je deviens lyrique, hein ?

— Non, ne t'arrête pas. Dis-moi encore sous d'autres formes combien tu m'aimes. Je veux toujours te l'entendre dire.

— Toujours ? Alors je vais te le déclarer encore : je t'aime, je t'aime, je t'aime ! clama-t-il trois fois.

— Oui, comme ça, mais lentement, pas goulûment.

— Je t'aime, murmura-t-il en étirant les trois syllabes à l'oreille de Mali.

Rien n'est fait qui commence. Ils n'en étaient qu'aux premières lueurs d'un amour, à se découvrir et se redécouvrir à chaque seconde dans les millions de grains de joie éclos sur leurs visages. Ils n'avaient pas assez d'yeux pour se contempler, se dévisager, se dévorer de leurs regards qui se noyaient, l'un dans la profondeur de l'autre et l'autre dans l'infinitude de son intime bonheur.

— Jamais, avant que tu ne m'apparaisses, je n'aurais pu imaginer vénérer un petit animal comme toi, railla-t-il taquin.

Elle ne releva pas l'espièglerie. Ses yeux d'azur se fixèrent sur Sébastien et elle lança d'un ton sérieux :

— Il ne faut pas croire que je sois une fille légère. J'ai un aveu à te faire, poursuivit-elle, mais tu ne vas pas me croire.

— Dis-moi tout ce que tu voudras, je ne te croirai pas, puisque tu veux que ce soit ainsi.

Mali baissa le ton de sa voix en même temps que ses yeux s'égaraient dans les fleurettes du plumetis.

— Tu es le premier garçon avec qui je passe la nuit.

— Tu es vierge ?

— J'étais vierge jusqu'à hier soir, rectifia-t-elle.

Puis se redressant, fière comme un empereur d'orient elle ajouta :

— Je me gardais pour le premier homme qui me rendrait heureuse. Et je t'ai rencontré, par hasard. Comme il est curieux, le hasard !

— Comme il est bien fait, le hasard, corrigea Sébastien en retombant sur elle de tout son long pour lui voler un autre savoureux baiser.

En s'allongeant sur le corps de sa princesse africaine, ses yeux se portèrent machinalement vers le cadran du réveil. Comme piqué par une guêpe, il bondit du lit d'un coup.

— Merde ! Merde ! Merde ! maugréa-t-il.

Il cueillit d'un geste sa chemise et son slip qui jonchaient la moquette, mêlés à des sous-vêtements féminins.

— Que se passe-t-il ? s'écria Mali, soudain étourdie par ce revers d'humeur.

— Il y a que je suis en retard au travail, voilà tout, reprit-il en grommelant.

La chemise mi-boutonnée, il passait déjà une jambe dans son slip lorsque la sonnerie de l'interphone retentit méchamment.

— Merde et remerde ! s'écria-t-il en se rétablissant de la position instable dans laquelle la sonnerie l'avait surpris. Il exécuta alors une chorégraphie d'homme-caoutchouc pour ne pas rouler au sol.

Mali retenait avec peine son rire tandis que Sébastien se précipitait au combiné de l'interphone pour l'extraire de son logement. Il répondit brièvement à une voix inaudible en terminant d'un ton expéditif.

— D'accord ! J'arrive, j'arrive.

À demi vêtu, il revint à Mali en s'arrangeant les cheveux, puis, le peigne entre les dents, il bourra tant bien que mal un pan de chemise dans son pantalon. Il reprit un air doucereux et dit pour toute explication :

— Je dois te laisser, amour de moi. Pour la journée. J'ai un devoir urgent.

— Tu ne bois rien avant de partir ?

— Pas le temps.

Elle amorça une petite moue sur ses lèvres.

— Tu as le temps de m'embrasser, au moins.

— Tout juste, ma princesse. Sache que le temps perdu est un des luxes de cette époque turbulente. Mais je vais te câliner quelques secondes. Après, je descendrai quatre à quatre les marches de l'escalier.

Il fit ce qu'il dit. Il se jeta une nouvelle fois dans ses bras ouverts qui l'accueillirent chaudement. Tous deux se nouèrent encore un moment dans un corps à corps, âme contre âme, pour un trop rapide baiser.

Sébastien, impatient, fouilla dans une poche arrière de son pantalon, en sortit un petit trousseau de cuir, en décrocha une clé plate et jaune qu'il tendit sous le regard de Mali.

— Tiens, prends ce double de clé, pour verrouiller la porte si tu sors.

— Tu me quittes déjà. Quand reviens-tu ?

— Ce soir, tard.

— À midi, c'est possible... ?

— Non, pas à midi. Je regrette, mon amour. Je ne peux pas te retrouver à midi, j'ai trop à faire aujourd'hui.

— Comment faire pour te contacter ? Je ne sais même pas ton numéro de téléphone.

Il remit la main à sa poche, en tira un crayon et un carnet dont il déchira une page. Il griffonna en toute hâte une série de chiffres qu'il tendit à Mali.

— Voilà, c'est le numéro de mon téléphone portable. Le téléphone fixe est là-bas, sur une étagère, lui précisa-t-il en lui montrant un coin du loft. Ce sera plus facile de me trouver par le portable. Je ne suis pas toujours au bureau.

Puis se précipitant vers la vieille commode peinte en gris tourterelle, Sébastien ouvrit un tiroir, en sortit une serviette dont il enveloppa subrepticement un objet, plongea le tout dans un sachet de supermarché et repoussa prestement le tiroir. Il se jeta sur la porte comme pour l'arracher de ses gonds, et tournant une dernière fois sa face d'ange aux cheveux en broussailles, il prit le temps de décocher tendrement un baiser sur la pointe de ses doigts. La scène n'avait pris que quelques brèves minutes lorsque la porte palière se referma bruyamment.

6

Seule. Mali allait se retrouver seule, face à elle-même, face à ses vieilles craintes et à ses doutes. En compagnie de Sébastien, elle ne pensait plus à son passé. Il s'éloignait naturellement de sa conscience, car avec l'homme qui l'avait séduite, la vie lui paraissait facile. Mais, que savait-elle de lui ? Presque rien, à part ce qu'il lui en avait dit, et ce qu'elle en avait vu. Peu importait. Une seule certitude habitait désormais ses pensées : elle aimait un homme et ne savait rien faire d'autre qu'aimer.

Sans s'interroger vraiment, elle se mit à croire que son penchant pour le garçon qu'elle connaissait à peine, était de l'amour. Pourtant, il lui était bien difficile de comprendre comment cette aventure avait abouti à ce matin clair et souriant, dans le lit et entre les bras d'un homme rencontré deux jours auparavant, par hasard, à la terrasse d'un café.

Elle avait goûté pour la première fois à l'extrême plaisir du fruit défendu. Si c'était un péché, comme c'était bon de le commettre ! Était-ce là ce qu'elle avait recherché inconsciemment en venant se perdre à La

Rochelle, loin du ciel gris de sa banlieue ? Le besoin de se soustraire à la chape des traditions qui pesait sur elle, l'avait-il conduite jusqu'à la cité maritime ? Son dessein avait été de s'évader, non pas le temps d'un été, mais pour fuir ce qu'elle redoutait le plus : être forcée d'aimer ce qu'elle exécrait, vivre en esclave des siens, attachée pour toujours à un destin tracé pour elle par d'autres et qui n'était pas le sien.

Elle avait vécu pour la première fois une merveilleuse nuit dans les bras d'un amant, égratignant au passage le code traditionnel de la famille. Aujourd'hui, il lui semblait tenir dans ses mains cet amour idéal que chacun porte obscurément au fond de son cœur, qui dort longtemps et jaillit un jour comme une source du ventre de la terre. Une tension traversait tout son être et se traduisait en une envie de candeur, un besoin de vérité, une soif d'innocence et d'absolu.

Cette passion naissait au grand jour et elle se dit qu'elle s'y accrocherait désormais avec ardeur, pour en explorer sans retenue toutes les secrètes richesses. Mais, c'était bizarre. En voulant d'abord jouer avec les hasards du flirt, le piège de l'amour authentique s'était finalement refermé sur elle. Malgré les réponses qui lui venaient en tête, elle cherchait encore d'intelligibles explications à ce qui lui arrivait.

Sébastien l'avait nommée sa fée africaine, sa princesse des mille et une nuits, sa reine de Saba, recherchant d'autres noms encore plus riches dans les trésors de sa culture. Curieusement, ces mots communiquaient des frissons d'allégresse à tout son être, comme sous l'effet d'un harmattan chaud et sec que la mémoire génétique de sa peau reconnaissait. En y songeant seulement, elle s'en persuadait. Ces résonances devaient être la résultante inconsciente d'un atavisme longtemps caché au fond d'elle-même. Jamais personne n'avait jusqu'alors posé sur elle un tel regard. Mais Sébastien avait su l'apprécier dans sa personne entière, sans pourtant la connaître vraiment. Il avait soufflé le printemps sur les bourgeons de ses sentiments qui ne demandaient qu'à éclore.

Beau parleur, Sébastien ? Certes, mais Mali habituellement ne se laissait pas abuser. Alors quoi ? Avait-il su si bien flatter sa coquetterie instinctive qu'elle était tombée sous son charme, allumant en elle une flamme de bonheur ? Sans aucun doute. La chaleur de ses paroles, la bonhomie de son visage, la générosité lue dans la douceur de ses yeux, rien en lui ne pouvait la faire douter de la justesse de ses sens. En un mot, elle l'aimait.

En quittant l'appartement la veille au soir, ils étaient allés errer une nouvelle fois sur le cours des Dames et se fondre un moment dans l'épais torrent des promeneurs indolents, se saoulant de bruits, d'images, de lumières. C'était une volupté pour Mali que de s'immerger dans le flot des anonymes. Elle y trouvait le moyen de se serrer encore plus contre Sébastien. Elle avait vécu près de lui dans la clarté d'une adorable soirée d'été en pensant que la nuit noire n'était qu'une illusion.

Ils avaient d'abord dîné au restaurant *Chez Serge*, où la cuisine laissait au palais l'arrière-goût gouailleur et frondeur du patron. Comme toujours, Serge avait à la bouche le sarcasme pétillant et gentillet, surtout à l'égard de ceux qu'il appréciait et qui savaient déguster ses matelotes ou ses raies au beurre noir. Et la raie préparée par Serge était une des tendres faiblesses de Sébastien.

Puis, ils avaient poursuivi la soirée au village des Francofolies, hérissé de baldaquins et de barnums aux toiles blanchâtres, faiblement éclairés par les néons de la fête. Sébastien avait ses entrées. Passé le filtrage aux barrières métalliques, ils avaient rencontré Jean-Louis, Marc, Hervé et bien d'autres, comme Dan qui jouait à la pétanque avec Marie dans un coin près de l'entrée, ou Denis, le représentant de la maison Ricard dont le sourire dénotait une familiarité complice avec Sébastien. Des amis à lui, des connaissances, des relations, beaucoup de monde en tout cas qu'il devait côtoyer habituellement. À plusieurs reprises, des gens les avaient observés d'un regard envieux, faisant comprendre à Sébastien qu'il avait décroché un beau brin de fille.

Agrippée à la main de son compagnon, Mali s'était sentie tout autre au milieu de ces inconnus, comme une fleur de femme qui allait s'épanouir dans la nuit, nourrie de la joie exaltante que cet homme lui procurait.

Sur les marches des tribunes, ils avaient balancé langoureusement leur corps à gauche, à droite, au rythme des airs chantés par Pascal Obispo. Ils s'étaient laissé envahir par l'ivresse des sons, par la magie des lampions et des flammes des briquets, ces milliers de feux follets ondoyant en brasillant au-dessus des têtes des spectateurs.

Ces images insolites et turbulentes étaient gravées dans la mémoire de Mali, comme un éblouissement resté imprimé sur la rétine. Dans la cour de la Commanderie, lumière et bruit habillaient également la nuit. Des guirlandes électriques pendaient ici au bord des toits, rampaient là le long des piliers tels des serpents de lumière. Elles avaient l'air de danser à la musique assourdissante née du ventre des guitares, des bouches des saxophones et des djembés d'un orchestre sauvage planté au beau milieu de la place.

Tous ces sons rugissaient dans la touffeur de la soirée, tenant éveillés pour la nuit entière quelques malheureux voisins claquemurés chez eux. Comment auraient réagi les anciens locataires de ces lieux, s'ils étaient revenus hanter leur auguste cour qui bourdonnait de conversations, vrombissait des frappes irritantes sur les djembés, retentissait d'éclats de voix incessants ? Ces preux templiers auraient sans aucun doute repris, tout droit, le chemin de leurs pierres tombales à la vue de cette faune désœuvrée du XX^e^siècle. Comme une buée invisible, la sourde résonance des bruits ambiants emplissait la cour, s'y égarait un moment puis montait vers le ciel, passant par-dessus les toits, aspirée par l'immense bouche noire de la nuit.

Une fois entrés dans cet univers irréel, ils s'étaient dirigés vers une table de jardin sur laquelle s'éternisaient un verre de coca vide et une tasse de café à moitié bue. Enfoncés dans des chaises en résine blanche dont les dossiers pliaient sous leur poids, Sébastien et Mali avaient sombré dans cette atmosphère paresseuse et brouillonne. Ainsi transportés côte à côte, dans le songe d'une nuit d'été, combien de temps étaient-ils demeurés ainsi, leurs mains s'effleurant parfois seulement du bout des doigts, leurs regards noyés l'un dans l'autre ?

Le temps s'était interrompu et subitement le charme aussi avait cessé lorsque Mali s'était redressée d'un bond. Un trouble était passé soudain sur son visage et des rides sur son front l'avaient terriblement enlaidi. Sébastien s'en était ému un peu plus quand Mali avait pressé plus fort sa main et qu'elle avait plongé sa tête dans le creux de son épaule pour l'ensevelir. Quel fantôme avait-elle aperçu ?

— Qu'y a-t-il ?

— Rien. Rien, avait-elle répété.

Mais le raidissement subit de son corps ne laissait pas de doute. Elle avait vu quelqu'un.

— Il y a quelque chose. Quelqu'un. Dis-moi. Qui est-ce ?

— Rien, je t'assure. C'est rien. J'ai cru voir une tête connue et que je n'ai pas envie de retrouver. Alors je me suis cachée. C'est tout. C'est rien, c'est passé, lui avait-elle affirmé en faisant briller un de ses plus beaux sourires.

Sébastien n'avait rien vu, ne s'était aperçu de rien. L'ombre était passée parmi d'autres ombres. Il avait tourné la tête à gauche et à droite, mais le passant ou la passante avait disparu. Il sentait Mali toujours un peu troublée.

— C'était un homme ? Une femme ?

— Non, un type. Mais ce n'était qu'un mirage. J'ai

confondu avec quelqu'un des Ulis que je connais.

Pas entièrement convaincu, Sébastien avait songé à changer de lieu.

— Viens, lui avait-il dit en la prenant par l'épaule, on va chercher un coin tranquille au *May Flower*.

Il n'y avait que quelques pas à faire pour franchir le seuil du bar, *Le May Flower*. Bien que le patron eût invité un duo de clarinette et de guitare, l'endroit était un peu plus calme. Il avait le mérite d'être plus retiré, discret et intime, ce qui avait semblé convenir à Sébastien.

Un éclairage rougeoyant cachait à moitié un parquet en cercle où deux couples enlacés piétinaient plus qu'ils ne dansaient. Derrière le meuble du bar, le fils du patron avait levé deux doigts de la main en signe d'accueil tout en accompagnant son geste d'un sourire coquin. Sébastien avait répondu par un « *salut, Fred* », puis avait conduit Mali tout au fond, là où deux places semblaient les attendre.

Mali se souvenait qu'elle tremblait encore quand ils s'étaient jetés dans les coussins moelleux. Elle s'était aussi rendu compte qu'elle avait plus que jamais besoin de protection et qu'elle ne la trouverait nulle part ailleurs qu'auprès de Sébastien. Était-ce la plainte doucereuse fuyant de la clarinette, ou l'apaisante fraîcheur coulant des ventilateurs du plafond qui l'avait fait se coller contre son amant ?

Au bout d'un moment, elle s'était laissé entraîner sur la piste du minuscule parquet en damier, et ils avaient commencé un de ces slows qui n'en finissent pas et semblent inscrits dans le sillon d'un disque rayé. Il avait d'abord posé ses bras sur ses épaules, les mains négligemment pendantes. Elle avait tout simplement plaqué les siennes sur les hanches de Sébastien. Puis leurs corps s'étaient peu à peu rapprochés, les mains de Sébastien étaient alors descendues dans son dos. Elle en avait nettement senti la moiteur à travers le tissu de son débardeur. Enfin, leurs fronts s'étaient appuyés l'un contre l'autre. Tous leurs sens avaient vacillé dans un grand inconnu, l'un et l'autre attirés sur le bord des envies.

Une bouche qui s'approche et offre un baiser furtif sur les lèvres, aussi léger que l'effleurement d'une plume, c'est comme un fruit dérobé qui réveille l'appétit. Alors, on n'hésite plus à ajouter flamme à flamme, désir à désir et on se laisse chavirer dans l'abîme du plaisir.

Quand Sébastien eut redonné la liberté à ses lèvres, il avait vu que deux traces luisantes ruisselaient des yeux de Mali. Deux larmes de joie, de celles qui sont arrachées à la douleur dans un moment de bonheur, pour qu'elles ne coulent plus lorsque reviendrait le temps de la tristesse.

7

Elle laissait murmurer ses pensées dans le silence de cet appartement qui sentait l'homme propre et rangé, qui respirait le confort et la sécurité. Qu'allait-elle faire de cette journée maintenant qu'il était parti ? Elle l'ignorait encore. Se souvenant que ses affaires se trouvaient chez les Zahouia, dans le quartier de Mireuil où elle était descendue, il faudrait leur donner signe de vie, même si désormais, l'envie de les retrouver la rebutait. Devrait-elle aussi leur rendre des comptes de son absence ? Certainement. Il faudrait fournir une explication plausible ou bien se taire, prendre ses bagages et venir s'installer chez Sébastien. Mais, était-ce une solution raisonnable ?

Mali s'était placée dans une situation délicate. Lorsqu'on apprendrait sa liaison, car on le saurait tôt ou tard, on ne lui pardonnerait pas ses rapports intimes avec un homme qui n'était pas du monde auquel une fille musulmane devait se lier. Cependant, tout avait changé depuis hier, sa vision des autres, son image d'elle-même. La personnalité de Sébastien l'avait aidé à ouvrir un peu plus les yeux sur les appétits et les appels de la vie qui dormaient jusque-là en elle.

L'ombre de Farid, le type entr'aperçu hier soir dans la cour de la Commanderie des Templiers, la hantait encore. Que venait-il faire celui-là à La Rochelle ? Aux Ulis, il était un des rabatteurs de ses frères. Cela signifiait-il que ceux-ci n'étaient pas loin ? Farid, car de toute évidence c'était bien lui, l'avait certainement reconnue. Même s'il ignorait où demeurait la famille Zahouia, il chercherait à savoir. Et il saurait, sans aucun doute.

Finalement, elle cessa de se mettre martel en tête. Elle se sentait suffisamment habile pour improviser et se sortir de l'imbroglio lorsque le moment viendrait. Mais elle n'en toucherait pas un mot à Sébastien.

Le dos confortablement bloqué entre deux oreillers, elle tournait la tête de gauche à droite comme mue par un ressort, découvrant ce qui avait échappé à son attention la veille au soir. Dans l'épaisseur du mur, où autrefois s'ouvrait sans doute une porte, des troupes de livres impeccablement rangés en ordre de bataille sur des étagères, attendaient la main experte qui les happerait et ferait courir sous les doigts leurs pages. À gauche, tout près de la tête du lit, un vieil ourson au pelage rarescent trônait dans une chaise d'enfant. La présence immobile de ce jouet du passé engendra un sourire tendre sur les lèvres de Mali et ses pensées la ramenèrent au souvenir de l'homme qu'elle aimait. Une douceur exquise l'emplit au point qu'elle tendit le bras, attrapa l'ourson et le plaça tout contre elle, dans son sein, pour le réchauffer un instant. Il y avait en elle de la déesse, de l'enfant et de la femme.

Un quart d'heure était passé ainsi, chaudement bercé par les pensées délicieuses de la dernière nuit. Elle avait dû se rendormir, coincée mollement entre un oreiller et l'ourson mignoté qui avait absorbé un peu de la chaleur de son corps. Le soleil était devenu plus ardent, le loft en prenait toute la lumière et la transformait à mesure qu'elle allait frapper les pièces du mobilier ou lorsqu'elle venait se poser sur une parcelle de la tapisserie.

Mali abandonna l'ourson, le reposa à sa place favorite après lui avoir déposé un baiser sur le bout du museau et sortit du lit en s'étirant, libre de tout vêtement, dans la splendeur de sa nudité. Elle ne craignait pas de se montrer ainsi. Même si, dans sa chambre aux Ulis, elle observait une certaine réserve à se regarder nue dans son miroir, elle n'avait plus aucune honte à découvrir son corps. D'ailleurs, il n'y avait que la tiédeur de l'air qui put le voir et le caresser.

Elle vint à la commode tout en roulant voluptueusement des hanches, ouvrit le premier tiroir duquel elle retira un drap fin mauve lavande finement moucheté de petites pâquerettes blanches. En un tournemain, le drap fut enroulé autour de sa taille et son soutien-gorge, jeté la veille sur une chaise, ceint à la hâte. Puis elle gagna le coin-cuisine pour y trouver de quoi déjeuner.

Tout en vidant deux verres de jus d'orange et en croquant une pomme, elle prit le temps de laisser vagabonder son bonheur sur tout ce qui peuplait l'appartement de Sébastien. D'où elle était assise, elle embrassait l'ensemble de la perspective du loft. Par la lucarne, le soleil se répandait à gros bouillon, inondait l'espace laissé libre et distillait son miel sur tout ce qu'il rencontrait. Un triangle de lumière posé sur la nuque de Mali commençait à la piquer de tendres brûlures, ce qui la décida à quitter sa place pour poursuivre la découverte des lieux. Elle avait désormais le temps, tout le temps d'une longue matinée, de la journée peut-être. Rien ne pressait. La vie devait s'écouler comme il lui plaisait, sans rien brusquer.

Mues par une fébrilité curieuse, ses mains allaient, venaient et palpaient à l'envi tout ce qu'elles trouvaient à saisir, soupeser, ouvrir, défaire, refermer et tâter. On aurait pu croire qu'elles fouillaient. Pourtant, si l'apparence du geste le laissait entendre, l'intention était tout autre. En réalité, le désir indéfinissable de tout connaître de Sébastien les guidait de place en place et d'un objet à l'autre.

Les tiroirs de la vieille commode repeinte ne résistèrent pas à son goût de la découverte. Celui du milieu contenait pulls et maillots soigneusement pliés. Sur une pile dormait étrangement un vieux cahier à dos prentoilé. Mali l'ouvrit et commença à parcourir les premiers paragraphes tracés d'une écriture fine et étirée. Sébastien avait consigné dans ce gros carnet toutes ses tribulations d'adolescent, parsemées de page en page de plaisantes badauderies, comme des fleurs séchées conservées dans un herbier. Elle alla s'en délecter un long moment, vautrée sur le lit défait.

Sébastien avait été un enfant sans histoires, facile à élever, assidu aux études, bon fils, bon camarade. En définitive, un gosse ordinaire d'une famille de citadins à la vie simple, débordant de vitalité, ne manquant pas d'imagination et montrant un petit penchant pour la poésie.

D'ailleurs, quelques vers encore hésitants égayaient de-ci de-là les pages du vieux cahier où se tordaient quelquefois des dessins tarabiscotés imités de tableaux des modernes. « *Un petit vin, pour devenir grand* », « *La crainte de Dieu est le commencement de la connaissance* », « *M. Huchot était aussi lisse que du téflon, rien ne l'attachait à rien* ». Des citations, des bribes de réflexion, des échantillons de sentiments d'adolescent, une ou deux narrations d'aventure avec des filles de son âge composaient un gai patchwork qui allait bien avec le personnage que Mali connaissait. À travers ces lignes, elle assistait en quelque sorte à une observation de la société par le petit bout de la jeunesse.

Mali sortit du cahier à la dernière page comme on sort d'un roman qu'on regrette de quitter. Quelque peu engourdie, elle s'étira une autre fois avec un plaisir non feint et posa un baiser sur la couverture du vieux carnet. Il personnifiait si bien l'enfant, l'adolescent et l'homme. Elle revint finalement vers la commode pour ranger les pensées précieuses à leur place.

Elle jeta alors son dévolu sur le juke-box resté muet jusqu'alors. Une grande envie de le faire chanter lui fit pianoter les touches métalliques de l'appareil. Une palette de choix s'offrait à elle. Cette fois-ci, elle tria les titres qu'on lui proposait, mit le contact et lança trois disques à la fois. Comme le disait Sébastien, il y avait là aussi de l'éclectisme dans la présentation des dizaines de microsillons empilés comme des soucoupes.

Au troisième disque, un reggae, elle avança quelques pas d'avant en arrière, monta les bras de chaque côté du torrent noir de ses cheveux puis se mit à rouler des hanches, communiquant au ventre et au bassin des torsions rythmées et lascives. Le bas du corps juste enveloppé dans le drap lavande, elle avait l'air de charrier avec elle les sons, les couleurs, la chaleur, les douceurs d'un pays resté loin d'elle, là-bas, sur une rive de la Méditerranée. Instinctivement, elle se mit à entonner un chant qu'elle connaissait par cœur, en tournoyant dans la musique qui emplissait l'espace.

« *Je dirai les mots, les poèmes*
je jouerai les musiques du ciel
Je prendrai les rayons du soleil
pour éclairer tes yeux de rêve... »

Dans un élan, elle apparut devant un miroir accroché au mur près de la porte d'entrée. Elle s'y arrêta pour lui demander si sa beauté n'était pas factice et pour vérifier la justesse des paroles de Sébastien. « *La beauté existe. Je l'ai rencontrée en toi* ». Résonnaient encore ces mots murmurés hier soir, peu avant qu'il ne l'entraînât à nouveau dans cet appartement merveilleux. Ils étaient gravés dans sa mémoire, comme les traits d'une eau-forte. Alors Mali sourit à son image, se tourna et se retourna devant les reflets de la glace pour se convaincre que tout ce qui lui avait été dit était vrai.

Sur le cadran de la pendule, les aiguilles aussi avaient tourné. Il était déjà onze heures. En butinant dans le loft, ce papillon curieux n'avait pas fait attention au temps qui fuyait. Dehors, le ciel était chauffé à blanc. Un soleil jaune couvrait la ville en nappe. Depuis la lucarne, on pouvait apercevoir le haut du clocher de l'église Notre-Dame fiché comme une flèche dans le voile laiteux qui le surplombait. On imaginait le passant se faufiler dans les ruelles ombreuses cherchant la fraîcheur. Il était temps d'aller goûter au plaisir de flâner, en laissant traîner le regard sur les rives brûlantes du vieux port.

Mais Mali ne sortirait pas avant d'avoir parlé à Sébastien. Une idée s'était plantée en elle. Un besoin. Le besoin qu'il l'entende lui répéter des centaines de mots que son imagination avait créés. Un trop-plein d'amour qu'elle avait peine à contenir, débordait, roulait sur ses pensées comme sur des galets, la transportant à mille lieues de qui elle était jusqu'alors.

Elle sauta soudain sur le lit, retourna en tous sens le plumetis de la couette et saisit enfin le bout de papier laissé par Sébastien. Alors, plus calmement, elle se cala à nouveau le dos entre les deux oreillers et tendit la main sur le combiné du téléphone.

— Vous voulez parler à Sébastien ? Vous n'avez vraiment pas de chance. Je suis absent pour le moment. Mais si vous voulez bien me laisser un message, je l'écouterai, et le plus tôt possible je vous rappellerai, si vous me laissez vos coordonnées. À bientôt.

Après le bip, il y eut un petit temps mort, une brève hésitation, juste nécessaire pour réunir les termes de son propos.

— Mon Seb, c'est moi. Mon amour, c'est ta princesse du désert. Tu sais, celle que tu as conquise en deux jours. Je n'ai pas pu m'empêcher de t'appeler. C'est plus fort que moi. J'aime ton appartement, mais j'y suis bien seule sans toi. Alors je t'appelle sur ton téléphone portable. Mon amour. Tu veux bien que je te dise « *Mon amour* » ? Je ne saurais comment te nommer dorénavant. Mon amour, tu dois comprendre que je ne suis pas la fille facile qu'on emballe, comme ça, sur une fantaisie, pour se faire plaisir, bien que les apparences soient contre moi. Tu vas dire que je suis vite tombée dans tes bras et vite entrée dans ton lit. Détrompe-toi. Si nous avons joué au début à nous aguicher, je me suis bientôt aperçue que ma route venait de se croiser avec la tienne. Nous avons eu un accident d'amour si fort, si inattendu que j'en suis encore toute chavirée.Tu sais, je ne savais pas ce que je venais chercher à La Rochelle. En fait, j'ai inconsciemment laissé faire les choses. Je suis venue sans but précis. J'avais envie de souffler, et je me suis dit que je découvrirais bien une occasion de profiter du hasard. Je n'avais pas spécialement l'intention de me faire draguer, bien que…

8

— … Non. C'est pas ça. Je dis n'importe quoi. Tu vois je me trouble, rien qu'à te parler au téléphone. Tu m'as envoûtée, complètement. Je t'aime totalement, comme jamais je n'ai aimé auparavant. Je ne sais pas pourquoi. Peut-être que tu as su porter sur moi un regard différent. Je n'imaginais pas que ça pouvait arriver ainsi. Surtout moi. Enfin, je me comprends…C'est vrai ce que je t'ai dit ce matin. J'étais vierge. Tu sais, chez nous… enfin dans ma famille, on est très à cheval là-dessus. Et j'ai franchi le pas. J'ai osé, avec toi. Maintenant, je suis toute à toi, je ne peux plus reculer. Tu me comprends, n'est-ce pas ? Oui, mais tu ne peux rien dire. Mes paroles ne vont que dans un sens. J'aimerais t'entendre dire ce que tu penses. Ô, Sébastien, mon amour, je suis toute à t'attendre. Tu me reviens ce soir, hein ? Je serai là, dans ton appartement, quand tu arriveras, et je te montrerai encore ce dont une reine d'Afrique amoureuse est capable. Je t'attends. Je t'attendrai…

Le reste du message avait été coupé par une brève sonnerie. Sébastien mima une grimace de frustration en repliant le volet de son téléphone portable. Il était seulement cinq heures et il venait d'écouter le message laissé par Mali. Il demeura pensif quelques secondes. Il y avait des accents mystérieux dans ses paroles, dans ses hésitations, dans la recherche du mot qu'elle voulait juste. Ses propos ne marquaient pas le ton d'une sorbonnarde. Ils étaient simples et avaient quelque chose en plus qui semblait venir d'ailleurs.

De toute la matinée et de l'après-midi, il n'avait pas eu un seul moment de relâche, trop occupé en ces jours d'été à traiter les affaires un peu plus nombreuses que de coutume. Mais il n'avait cessé de penser à elle. Toujours très présente dans son esprit comme en son cœur, elle s'était déjà incrustée dans les fibres de sa chair et la musique de sa voix semblait scander tous ses gestes.

Enfin, il avait pu se libérer, respirer un peu, et il avait ouvert son téléphone. Idiotement, il ne l'avait pas connecté de la journée alors qu'il aurait pu éviter d'entendre le message enregistré. Mais, en direct, aurait-elle prononcé sur le moment les mots qu'elle avait employés pour lui déclarer de nouveau son amour ? Il était frappé à l'oreille par un beau chant d'amour, un de ceux qui, comme une petite étincelle engendre un grand feu, s'enflammaient dans le brasier de l'amour neuf.

Il s'isola quelques instants pour rouvrir le clapet de son téléphone portable. Du pouce, il composa le numéro de téléphone de son appartement. La sonnerie tinta cinq fois, six fois. Pas de réponse. Mali était probablement sortie.

Sur les coups de sept heures, il avait rangé ses dossiers, en consciencieux fonctionnaire. Il avait horreur du désordre. Travailler avec un monticule de paperasses devant lui faisait partie de ses impossibilités obsessionnelles. Quand il quitta le bureau, tout était propre et net. Le collègue qui le relevait pouvait s'y répandre comme il le souhaitait. Il salua tout juste ceux qui lui succédaient et partit à pied, en courant par la rue du Minage. Au bout, après le carrefour et la place des Cordeliers, s'ouvrait sa rue, la rue Saint-François. Là, elle devait l'attendre, peut-être étendue paresseusement sur le lit, le corps baignant dans un air de raï ou de reggae. Là, elle ouvrirait ses bras pour l'accueillir. Là, elle ploierait son corps sous ses tendres caresses et laisserait ruisseler entre ses doigts le flot de sa chevelure. Là, elle reprendrait de vive voix ce qu'elle n'avait pas eu le temps de lui déclarer au téléphone.

Son amour était comme un fruit vert, un amour indéhiscent, qui ne s'était pas encore ouvert à la lumière de la félicité. Longtemps restés fanés sous l'effet des déceptions et des aventures ratées, ses sentiments venaient d'éclore à la clarté de l'authenticité. Car elle était vraie, cette fille du désert. De la banlieue ou non, elle montrait une beauté sauvage dans son regard qui ne pouvait provenir que des profondeurs de la sincérité. Il ne pouvait se tromper. Elle avait cette sorte d'idéal d'amour qu'on porte discrètement au fond de son cœur, et rend pudique, délicat, attachant. Il ressentait maintenant ce plaisir très doux, rappelant la saveur sucrée d'une cerise mûre et fondante écrasée dans sa bouche du bout de la langue.

Quand il avait tourné la clé dans la serrure, il avait ressenti une peur de soldat livré à sa première bataille. Le cœur cognait tout au fond de sa poitrine, sa main tremblotait d'émotion et d'impatience, telle celle d'un adolescent découvrant l'amour pour la première fois.

À l'ouverture de la porte, ne résonnait aucun bruit, pas une note de musique, comme il l'avait rêvé tout en cheminant par les rues. L'atmosphère était chauffée par le soleil qui avait frappé toute la journée sur la lucarne. Il s'en dégageait un parfum d'une légère fragrance, à peine perceptible, celui du fruit du jambosier qu'il avait respiré avant de la quitter ce matin.

— Mali ! Mali ? Mali, es-tu là ? demanda-t-il au silence comme si le loft était composé de plusieurs pièces.

Il n'y avait pourtant que cette grande salle s'ouvrant devant lui pour lui répondre que Mali n'était pas là. À moins que… Mais, non. La salle de bain aussi était déserte. Personne ne se vautrait sur le lit, pas une trace vivante de Mali. Tout était silencieux, tel le fond d'un puits.

Il chercha vainement un mot tracé sur une feuille de papier qu'elle aurait laissé avant de quitter l'appartement. Rien. Elle avait proprement rangé l'appartement et rien ne subsistait du désordre ambiant qui régnait lors de son départ précipité du matin. Rien n'avait été bougé, dérangé.

Supportant mal la touffeur qui le prenait à la gorge, il alla ouvrir le vasistas du toit. On entendait le chant du chœur de la psallette de Notre-Dame qui résonnait de notes tantôt solennelles et tantôt joyeuses, tout près d'ici. Le souvenir d'un enfant en aube blanche poussant fort sur sa voix lui revint à l'esprit. L'enfant, c'était lui, fier des regards admiratifs de ses parents. Bizarrement, il rembobinait le fil du temps à l'écoute de ces airs choraux qui venaient d'à côté. Des images surannées resurgissaient, là, dans ce loft vide.

Sébastien sourit. Le temps était passé, laminant tous ces gais moments chargés de plaisirs et de joies. Puis l'accident hantait de nouveau sa mémoire. Deux corps meurtris au possible. Broyés. Sanglants dans l'amas de tôle sur l'autoroute. Ses parents. Du moins, c'est ce qu'on avait dit alors. Lui, l'orphelin, n'était pas là pour voir les images de cette catastrophe.

Le rêve s'envola et Sébastien grimaça. C'était curieux, quand même. Elle aurait pu l'avertir en le rappelant. Mais enfin, Mali était libre. Pourquoi cherchait-il déjà à l'accaparer et l'emprisonner dans ses marottes de célibataire ? N'est-ce pas ainsi qu'il avait perdu la précédente ? Il secoua la tête, à droite et à gauche, comme le font les chevaux. Son dépit était devenu vraiment risible.

Sébastien sourit de nouveau. Il vint au réfrigérateur se servir un bon verre de Perrier frais, ouvrit le grand placard où dormait sa collection de disques et glissa un cédérom dans la chaîne stéréo. Puis il se cala le dos au mur, à la tête du lit, tandis que l'air de reggae écoulait ses rythmes calqués sur les battements de son cœur. Le lieu était toujours imprégné du suave parfum du fruit du jambosier. Il s'en délectait encore, en attendant le retour de Mali. Oui, il l'attendrait encore un moment, et si elle n'arrivait pas, il irait à sa rencontre.

Comment la retrouver dans cet amas de monde sur le vieux port ? Mali était probablement parmi tous ces passants qui recommençaient chaque soir leur ronde incessante. Par bandes entières, des hommes et des femmes, véritables insectes, lançaient devant eux leurs millions de jambes et n'arrêtaient pas d'onduler. Le regard préoccupé de Sébastien était brouillé.

L'air avait fraîchi et les exhalaisons saumâtres de la marée montante s'épandaient sur le port. Déjà, les lampadaires ouvraient leurs grands yeux pâles sur le grouillement humain tandis que les premiers vendeurs au déballage accrochaient leurs sordides fumerons au-dessus de leurs étals.

Tout le long de la grand'rive fut amplement scruté d'un œil attentif. Mali n'était pas là. À la terrasse comme dans la salle du café de *La Marine*, elle n'était pas non plus assise à une table. Il aperçut Mario, le serveur.

— As-tu vu la beur… la jeune femme brune qui était avec moi hier ?

— Non, pas vu.

— Merci. Un service, toutefois. Si tu l'aperçois, dis-lui que je repasse dans une heure, ici même. D'accord ?

— D'accord, fit brièvement Mario appelé instamment par deux consommateurs.

Sébastien avait une fois de plus fendu la foule des promeneurs nonchalants du cours des Dames. De nombreuses allées et venues entre les étals des petits marchands et les ronds formés par le public autour des saltimbanques restèrent vaines. Pas même la rencontre d'une personne connue qui aurait pu l'avoir vu la veille en compagnie de Mali. Où chercher ? À l'hôtel Saint-Jean d'Acre, là où il l'avait reconduite le premier soir.

À l'hôtel Saint-Jean d'Acre, les propriétaires étaient nouveaux. Sébastien ne les avait encore jamais vus. Ici, on ne connaissait personne qui se prénommât Mali. Mali comment ? Sébastien ne savait même pas son nom. Seulement son prénom. Elle se prénommait Malika, en fait. Non, rien. Pas de Malika non plus.

— Une jeune femme typée maghrébine, très brune, portant une chevelure franchement frisée. Jolie. Belle fille.

— Il n'y a personne de ce genre-là à l'hôtel, monsieur.

— Mais enfin, fit de plus en plus virulemment Sébastien, elle est bien entrée chez vous puisque je l'ai moi-même accompagnée avant-hier soir à la porte de votre hôtel !

— Non, monsieur, je regrette.

Il se résolut à sortir une carte d'une poche de sa veste. Elle portait une photographie, encadrée de trois traits bleu, blanc et rouge.

— Montrez-moi votre registre, je vous prie.

L'hôtelière, quelque peu surprise, s'exécuta. Elle ne mentait pas. Une fois les pages visitées, épluchées, parcourues du bout de l'index, Sébastien retourna le registre à l'hôtelière. De dépit, il le replia bruyamment, puis sortit de l'hôtel en négligeant de refermer la porte. L'avait-elle berné dès le premier soir ? Elle avait pourtant l'œil si ingénu, le sourire si franc. C'était souvent trompeur, mais une toute petite intuition, de la taille d'une flammèche minuscule, lui disait que son imagination l'égarait. Ce n'était pas possible qu'elle fût menteuse.

Revenu sur le cours des Dames, il parlementa avec un groupe de chanteurs sud-américains qui faisait une pause entre deux airs de flûte indienne. Sébastien insistait. L'Indien refusait. Finalement, il sortit un billet de deux cents francs de sa poche qu'il fit danser sous le nez du chanteur. Ce dernier consentit à lui tendre un microphone et forcer l'intensité du son.

Un « Mali » formidable éclata jusqu'à cent mètres à la ronde, bourdonna dans l'air bruissant de mille conversations, coincé entre deux effets de Larsen qui firent se retourner toutes les têtes.

— Mali ! Je suis au milieu de la foule. Je te cherche depuis deux heures. Si tu es là, rejoins-moi, s'il te plaît, près des chanteurs indiens.

Il savait que c'était une folie. Folie de se faire remarquer ainsi, même par des inconnus. Folie de lancer un tel cri. Mais c'était plus fort que lui. Il fallait qu'elle pût entendre son angoisse et son impuissance de ne pas l'avoir retrouvée.

Il demeura un long moment immobile, debout à côté du groupe d'Indiens venant tout droit de la banlieue parisienne, le microphone à la main, attendant qu'une silhouette, celle qu'il espérait voir apparaître, vînt à lui. Les regards se croisaient, convergeaient sur lui. Des gens, nombreux, avaient arrêté leurs pas, attendant peut-être qu'un événement se passât. Ils en furent pour leurs frais. Mali n'apparut pas.

De guerre lasse, Sébastien rendit le microphone à l'Indien recoiffé d'un grand sombrero et à nouveau équipé de sa guitare. L'orchestre s'emballa une autre fois sur un air dansant où retentissaient les flûtes, vibraient les guitares, tintaient les grelots des tambourins rythmés par une grosse caisse. Les passants qui s'étaient arrêtés, mi-déçus, mi-amusés, reprirent leur dandinement indolent entre les étals des marchands de babioles.

La foule le poursuivait. Il s'en était échappé en s'exfiltrant par la rue Verdière, entre deux rangées de voitures garées à la diable sur la chaussée. Il avait piqué tout droit sur la rue Saint-Jean par l'étroit passage de la rue Balangerie aux murs barbouillés à la bombe de peinture de « *Zouk, Diaz, Wemz, Rous, Lats, Rak, Enzik* » entremêlés. Agressé par la raucité des mots, il détourna la tête de dégoût, se contentant de cracher au sol pour purger son cerveau de mauvaises pensées.

À nouveau, il se sentait oppressé par la foule dans la rue des Fagots, jusqu'aux barrières qui obstruaient l'entrée du festival, là où elle venait immanquablement échouer. Au passage, il montra son laissez-passer à un colosse noir qui filtrait les entrées. Il commençait à le connaître ce grand type fidèle au poste depuis la nuit dernière. Un sourire bref en guise de salut, et Sébastien avait déjà atteint les premières marches pour entrer dans le village de Francofolies.

David, le gros type qui tenait le bar des « *Francos* »,

le trouva préoccupé, recherchant manifestement quelqu'un.

— Tu cherches une âme ?

— Oui. Tu n'aurais pas aperçu par hasard la fille qui m'accompagnait hier soir ? Tu sais…

— Ah ! oui, la jolie beurette…

— Ouais, répondit Sébastien d'un ton rogue.

— Pas vue. Perdue ? s'enquit-il, faussement contrit.

Sébastien, tourna aussitôt le dos, fouilla du regard l'environnement circonvoisin, puis s'éloigna d'un pas pressé en direction des gradins.

Sur la scène noyée dans la lumière des projecteurs, un groupe chantait « *Paris sous les bombes* ». Au-dessus d'eux, trois lettres gigantesques tournoyaient dans l'air, claquant dans un bruit métallique de culasse d'une arme automatique : N.T.M. Ces trois lettres brillaient de la couleur froide de l'acier et vibraient comme trois poignards plantés dans une planche de bois. La musique, un mitraillage verbal coupé de délires sonores, baignait dans des formules assassines et des sons oppressants. Il fallait décrypter la mosaïque de mots et de sons qui agressaient l'oreille, les déversements d'amertume sur l'asphalte, les textes profilés à la lame et à la machette faits pour heurter, effaroucher, choquer les foules. Sébastien ne comprenait pas bien ce codage musical d'un malaise urbain qui se traduisait dans la tension des mots, l'agressivité des sons, les cris d'alarme lancés d'une scène vers un parterre de jeunesse bigarrée.

Comment pouvait-il repérer Mali dans ce magma de têtes, de mains, de bras qui s'agitaient toujours plus, à mesure que les sonorités crépitaient et se réverbéraient contre la vieille muraille surplombant l'immense parking de l'esplanade Saint-Jean d'Acre ? Si elle était là, il ne la retrouverait sans doute pas. Se cachait-elle ? L'avait-elle laissé ? Pourquoi, alors ? Il ne comprenait pas son absence, sans qu'elle lui eût déposé le moindre mot à l'appartement, laissé le moindre message sur son téléphone portable. Il s'était passé quelque chose.

Tous les cafés du quai Duperré avaient été explorés. Les discothèques les plus couramment fréquentées avaient été visitées sans succès. Les bistrots du quartier du Gabut, les bars de nuit de la cour de la Commanderie n'avaient pas révélé la moindre trace de Mali.

Il avait finalement échoué sur la terrasse du café *La Grand'Rive*, en face des deux tours qui s'estompaient sur l'écran céruléen de la nuit. Pendant des heures, il avait regardé vaguement le flot lancinant des passants sans rien y découvrir. Un verre de bière au fond duquel stagnait un écu doré de liquide et un quart de Perrier à demi entamé occupaient le marbre rond cerclé de cuivre devant lui. Dans ses yeux, il n'y avait rien qui pût laisser croire qu'une lueur d'espoir brillerait cette nuit.

Sébastien ne sut pas si c'était la moiteur froide du serein tombée sur ses épaules ou simplement l'appel du serveur qui le tira d'un demi-sommeil. À quatre heures du matin, l'esprit en capilotade, il s'en alla par le haut du quai où quelques rares traînards roulaient encore leurs pas sur les pavés.

9

Des heures passées à l'orée du sommeil s'étaient égrenées, des heures pesantes comme des pierres, roulant sur des certitudes bien ancrées et pourtant si vulnérables. Le sommeil n'entre jamais là où loge le souci. Seuls les songes occupent l'avant-scène de la conscience, jusqu'au moment où incubes et succubes débouchent en hurlant sur le théâtre de l'imaginaire. Ils arrivent alors comme des voleurs pour dérober la substance des sentiments et s'en repaître un peu plus loin, dans l'obscurité du souvenir. Tels sont les rêves.

Ceux de Sébastien avaient été traversés de vents du désert, de tourbillons pulvérulents qui s'enroulent autour des touffes d'herbes sèches clairsemées, enveloppent les montagnes d'argile ocreuse et de pierres blanchies par le soleil, taquinent les femmes aux cheveux teints de henné ou les jeunes filles nubiles fleurant le benjoin, la cardamome et la pomme de rose. Il y avait de l'Afrique mystérieuse dans la démarche chaloupée de la brune succube. Elle dansait devant son regard. C'était elle, la femme, celle qui l'avait conquis de ses œillades félines, de ses moues provocantes, de ses sourires éclatants de blancheur. Elle était la femme tout simplement, et elle faisait bouillir son sang.

La criaillerie acidulée du radio-réveil avait brusquement traversé de sa lame tranchante la chair de ses fantasmes nocturnes. Sébastien avait eu du mal à discerner l'hier et l'aujourd'hui. Il savait seulement qu'il avait mal dormi. Il était resté étendu tout habillé, sur le plumetis souillé par ses semelles poussiéreuses.

Il s'était revigoré le corps et l'esprit sous une douche presque froide, avait absorbé un verre d'orangeade glacée avant de dévaler comme de coutume les marches de l'escalier de bois qui craquaient sous son poids. Le temps pressait. Il voulait savoir pourquoi Mali avait disparu subitement sans raison.

Éric, Gérard, Yann avaient été mobilisés pour se lancer à sa recherche. Il ne leur avait pas fourni le mobile véritable de leur mission. S'en doutaient-ils ? Probablement, car les trois enquêteurs étaient finauds. Mais peu lui importait.

La journée était passée là-dessus, harassante comme une nuit sans sommeil. Les trois compères étaient revenus au service sans résultat. Une mince lueur avait un moment éclairé les espoirs de Sébastien. Un témoin connu d'Éric avait entr'aperçu une Maghrébine correspondant au signalement de Mali, accompagnée d'un grand gars, un blanc aux cheveux frisés et à la face d'ange. Mais était-ce hier ou avant-hier ? Sébastien avait tout bonnement esquissé un sourire déçu, sachant pertinemment que la face d'ange n'était autre que lui.

Il était vingt heures passées lorsqu'avait retenti l'allègre sonnerie du téléphone portable. Du pouce il mit fin à « *Badinerie* » de Jean-Sébastien Bach et déclencha la touche d'écoute. Tout au loin, il entendit la voix saccadée, à peine reconnaissable qui murmurait.

— Sébastien, vite, ne m'interromps pas ! Je ne peux pas t'expliquer maintenant. Rejoins-moi au May Flower dans une demi-heure.

Il aurait voulu répliquer, lui demander où elle se trouvait, mais le reste fut une suite de notes identiques et aigrelettes qui se seraient écoulées encore longuement si Sébastien n'avait refermé le petit volet de son téléphone. Puis il le rouvrit, tapota de nouveau sur quelques touches. Le numéro du dernier poste qui l'avait appelé apparut sur le petit écran de l'appareil. Son cœur fit un bond. Il enclencha le rappel du numéro et plaqua l'écouteur à son oreille. Le battement régulier de la sonnerie se répéta durant d'interminables secondes sans que quiconque répondît. D'un coup sec, il replia le clapet du téléphone qu'il fourra dans son étui. Il eut le sentiment d'avoir vainement perdu de précieuses minutes et quitta son bureau laissé en désordre.

La trouée que faisait le ciel dans l'architecture de la rue Chaudrier virait au pourpre clair. Au loin, on pouvait facilement distinguer les réverbérations puissantes des projecteurs sur la façade de la Grosse Horloge. L'excitation nocturne enflait dans les rues rejoignant le vieux port alors qu'une tiédeur émolliente montait de la chaussée et des trottoirs jonchés d'une multitude de détritus graisseux parmi lesquels roulaient des canettes vides. Dans la rue du Temple, quelques écervelés s'amusaient à pousser devant eux à coups de pied des boîtes métalliques qui allaient buter dans les jambes de passants indignés.

À la terrasse du *May Flower* les lumignons n'étaient pas encore allumés. Mali ne s'y trouvait pas. Sébastien s'engouffra dans la pénombre de la porte d'entrée, le cœur tressautant un peu plus dans la poitrine et les mains devenues soudainement moites.

Il la sentit plus qu'il ne la vit. Il ne pouvait pas se tromper, c'était bien elle. Elle était assise à la table même où ils avaient passé la dernière soirée.

Le cendrier devant elle était plein de longs mégots écrasés et à demi fumés. Elle avait grillé cigarette sur cigarette en l'attendant et devait être assise là, depuis un long moment, seule, dans la demi-obscurité du bar comme pour se cacher. Ses yeux étaient bizarrement dissimulés sous une paire de lunettes de soleil et sa splendide chevelure enroulée dans un foulard très sombre.

Quand elle aperçut Sébastien, elle se leva avec lassitude et quand il s'approcha d'elle pour la serrer délicatement dans ses bras elle amorça un geste de recul. Sa main vint se poser sur la poitrine de Sébastien en l'invitant tout simplement à s'asseoir.

— J'ai pu m'échapper, mais je ne sais pour combien de temps encore.

— Mali, je ne comprends pas, s'émut-il en déglutissant sa salive. Que me racontes-tu là ?

Il n'eut pour toute réponse qu'un hochement de tête. Mali tira instinctivement une cigarette du paquet et l'alluma d'une main tremblotante.

— Ma princesse, insista Sébastien, qu'est-ce qui se passe ? Pourquoi cette mise en scène ?

— Il n'y a pas de mise en scène, répondit-elle d'une voix peu assurée. Et ne m'appelle plus princesse, je t'en prie. Je n'en suis pas digne. Il y a seulement que je t'ai menti, finit-elle d'avouer dans un bégaiement.

— Menti, toi ? Es-tu capable de mentir ?

— Oui, et j'ai des remords. Tu es un type tellement honnête que je ne pouvais plus garder mes secrets pour moi seule.

— Des secrets ?

Sébastien avança un bras pour l'enlacer, mais elle manifesta un nouveau mouvement de recul. Il ne croyait pas à ses secrets. Elle lui jouait une comédie, il en était persuadé. Il savait bien qu'il ne s'était pas trompé à son sujet. Son cœur le lui avait dit, et son cœur ne pouvait commettre d'erreur.

— Des secrets, oui, qui font que nous ne pouvons plus poursuivre tous les deux.

Elle avait dit cette phrase d'un coup, la langue pâteuse collée au palais et le visage devenu soudain couleur de pierre. Elle semblait avoir conservé cette pudeur ancestrale de la femme du Maghreb qui l'empêchait de se confier totalement.

Disant cela elle étira un bras pour saisir son paquet de cigarettes. À l'instant même où elle fouillait le paquet, Sébastien remarqua un curieux détail : sa peau était rubanée de traces purpurines. Alors, sans hésiter, il porta la main au visage de Mali, pinça entre ses doigts les lunettes de soleil et les retira malgré ses protestations. Pareille à un oiseau nocturne effrayé par le jour, elle détourna vivement la tête et chercha soudain un coin exempt de lumière pour pleurer dans le noir en cachant l'ombre de son désespoir.

— Qui t'a fait ça ? aboya Sébastien d'un ton autoritaire.

Il reprit sur un ton plus doux et convaincant.

— Qui t'a fait ça, ma princesse ?

À ces mots, elle fut prise d'un frisson. Finalement, elle était prête à se rendre et retourna vers son amant un visage abîmé d'un œil tuméfié. Sa joue était striée par la trace d'une vieille larme qu'elle n'avait pas essuyée.

Pour réponse, Sébastien écouta Mali raconter son histoire. D'un ton las, fade et sans couleur, elle débita lentement, sans qu'il l'interrompît, tout son secret.

— Je ne suis pas étudiante à Assas et mon père n'est pas ingénieur chez Renault, lança-t-elle subitement, presque brutalement.

— Je t'ai caché qui j'étais réellement. J'habite la banlieue, oui, mais dans une barre pourrie des Ulis. Le matin, je prends un train froid, bruyant, crasseux et je vais travailler comme caissière dans un supermarché de Paris, pour gagner quatre sous et en donner trois à mes parents. Chez nous, il y a trois frères. Une petite sœur me suit de très loin. Elle a à peine neuf ans, mais elle est déjà soumise, la petite. Moi je ne veux pas me soumettre, tu comprends ? Mes parents ne sont pas méchants, ils sont faibles. Ils font partie de cette génération d'immigrés qui n'ont pas cherché vraiment à prendre racine en France. Ils restent de ces bons Arabes de l'ombre, couleur de muraille, invisibles, et musulmans de tradition. En fait, le pouvoir est tenu par mes frères à la maison. Ils ne travaillent pas, mais gagnent beaucoup d'argent, illicitement bien sûr. Tu comprends ? Ils se sont élevés tout seuls dans la rue, avec les autres gamins. Ils sont devenus d'abord des petits loups sauvages, puis ils ont dominé les jeunes du quartier et sont aujourd'hui les maîtres du secteur. Pour asseoir un peu mieux leur pouvoir, ils ont adopté les règles d'une religion stricte et rigoureuse. Ça sert leur domination, ça fortifie leur emprise sur le quartier, mais tout est faux et hypocrite. C'est pourquoi j'ai voulu leur échapper, car ils m'ont déjà mariée à un frère algérien qui habite là-bas et que je ne connais pas. Mes parents sont consentants, bien sûr, mais je n'ai rien à voir avec les traditions cruelles que mes frères imposent. Je me suis mis petit à petit un pécule de côté, j'ai fait mes bagages en secret, et je suis venue à La Rochelle il y a quatre jours. Je voulais leur échapper. J'avais pris contact avec une famille de lointaine connaissance qui habite Mireuil et je suis descendue chez eux. Mais je ne peux plus avoir confiance, car ils m'ont trahie et revendue à mes frères, comme une esclave…

Sébastien ne l'avait pas interrompue. Pendant qu'il l'écoutait, il pouvait admirer le diamant de ses larmes sur lesquelles se reflétait, comme un rehaut, le clignotement clair d'un néon d'enseigne lumineuse. Se détachant sur la pénombre du bar, son visage prenait une patine cireuse qui communiquait à Sébastien une sensation mêlée de malaise et de pitié. Il n'avait plus devant lui la jeune femme éblouissante de beauté sauvage qu'il avait connue deux jours auparavant, il ne voyait qu'une femme humiliée, battue, désespérée. Elle était tombée dans une déréliction infinie. Le désespoir se lisait dans la prunelle de ses yeux qui se brouillaient derrière un voile de larmes chaudes et amères. Elle montrait, outre ses blessures, un bleu à l'âme que seul Sébastien pouvait voir, tant elle semblait avoir été malmenée.

Avançant à nouveau une main vers Mali, il prit soin de dénouer d'un geste doux le foulard qui enfermait sa chevelure. Une fois tombé, le tissu libéra le ruissellement limpide que Sébastien admirait tant. Déjà, sa face avait retrouvé un peu de son humanité et n'était plus serrée dans un carcan artificiel. Elle était redevenue la belle Targuie, descendante lointaine des Touaregs, dont il appréciait la fraîcheur. De nouveau, les couleurs nues du désert se reflétaient dans ses yeux. Alors, il l'attira à lui, mit le nez dans la mer houleuse de ses cheveux et se noya dans leur odeur de seringa. Elle se laissa choir dans le creux de son épaule et poussa un long et ample soupir tandis que les lèvres de Sébastien goûtaient à la saveur de ses larmes.

Ils restèrent ainsi pendant de longues minutes, dans la pénombre tranquille du *May Flower*, sans se dire un mot, à n'écouter que le bruissement muet de leurs respirations, à l'unisson de leurs sentiments.

Tout à coup, une ombre se profila dans l'encadrement de l'entrée et instinctivement les yeux de Mali se portèrent à cet endroit. Un sursaut brusque, presque douloureux, la tira des bras de Sébastien. Une nouvelle peur s'empara d'elle et elle se rejeta en arrière dans son siège, loin de lui, comme prise en faute.

Puis l'ombre entra et s'avança vers le bar éclairé par les pinceaux de lumière formés par quatre spots. Mali s'aperçut avec soulagement que ce n'était pas l'un de ceux qui étaient probablement à sa recherche.

L'alerte était passée, mais le danger pressenti avait subitement altéré la raison de Mali. Aussi changeante qu'une céphéide, elle semblait rétive aux gestes de Sébastien qui désirait l'attirer à nouveau entre ses bras.

— Non, Séb, ça ne pourra pas marcher toi et moi. Entre nous, il y aura toujours quelqu'un d'étranger qui pourra nous surprendre et faire du mal à notre bonheur.

— Belle princesse, tu n'as rien à craindre avec moi. Les assassins visent d'abord les plus faibles, mais je sais les défendre ces êtres-là. Il faut que tu surmontes tes craintes. Je suis là, avec toi, pour le faire.

— Mais qu'y peux-tu, toi-même ? Ils ont certainement déjà lancé une fatwa contre toi parce que tu m'as approchée ! Sais-tu ce que c'est qu'une fatwa ? Tu ne les connais pas, Sébastien. Ils arrivent toujours à ce qu'ils veulent.

— N'aie pas peur, mon aimée, te dis-je. Je te répète que tu n'as rien à craindre.

Un court instant d'hésitation coupa l'élan de Sébastien, juste pour lui laisser le temps de mesurer par anticipation la portée de ce qu'il allait déclarer.

— J'ai un aveu à te faire, moi aussi. Je ne t'ai pas dit toute la vérité sur mon compte, reprit-il en enfermant la main glacée de Mali entre ses doigts. Tu l'aurais su à un moment ou à un autre, de toute façon.

On pouvait lire alors une nouvelle angoisse dans le regard ardent de la belle fille d'Algérie. Ses yeux d'azur fouillaient en profondeur le visage de son amant.

— Je ne suis pas chef de bureau à la préfecture. En fait, je suis officier de police. Voilà, conclut-il abruptement.

— Je comprends maintenant certaines choses, mais cela ne change rien pour moi.

S'apercevant que ses propos pouvaient rester sibyllins, elle se ravisa.

— Je veux dire que pour moi, tu es toujours le même homme, policier ou non, que je t'aime autant.

— Alors, m'aimes-tu vraiment ? Si tu m'aimes vraiment, tu viendrais vivre avec moi, pour longtemps, pour toujours ?

Sans s'en rendre compte, Sébastien poussait parfois des questionnements d'adolescent qui, secrètement, plaisaient à la jeune femme. Un grand souffle d'innocence dans ses interrogations ajoutait de la puissance à son pouvoir de séduction.

Cela rendait Mali plus qu'hésitante. Son esprit était ballotté entre les bords de sa raison et ceux de ses désirs. Sébastien lui avait tenu des paroles roboratives. Elle avait confiance dans ce qu'il déclarait. Mais par respect pour lui, elle ne voulait pas être la cause de malheurs à venir. Malgré une volonté farouche de s'en extraire, serait-elle assez forte pour échapper à sa condition qui la poursuivait ? Elle s'empêtrait dans ses contradictions. Saurait-elle prendre la bonne décision ? Pour toujours ?

Elle regarda intensément Sébastien, sans un mot. Un silence froid planait. Puis, elle entrouvrit la bouche.

— Oui !

Mali avait prononcé un oui instinctif, un oui qui avait soudain dépassé sa pensée, par hasard tombé de ses lèvres, pour dire quelque chose et ne pas rester sans réponse à une question posée. Elle avait répondu oui à Sébastien alors qu'elle était encore sous l'emprise de ses rêves éveillés, ces images sublimes qui transportent l'esprit au-dessus des toits, au-delà des frontières du possible.

— Oui ! avait-elle ajouté, comme pour confirmer la parole lâchée trop tôt.

Oui, une simple syllabe à forte signification. Elle acceptait dès lors en toute conscience, librement, ce que lui offrait Sébastien.

Son regard s'était noyé dans le sien en dépit des battements palpébraux désordonnés qui perturbaient la brillance de ses yeux. En même temps, il avait tendu le dos de sa main vers son visage dont il effleurait délicatement les traits. Au passage de ses lèvres, il avait senti une pression délicieusement chaude sur sa peau. Cette sensation l'avait fait frémir et empli à nouveau de bonheur.

Mali avait encore changé sous l'effet des paroles revigorantes de son amant. Le sort en était jeté, elle s'était définitivement rangée de son côté, de nouveau sous la protection de ses bras. Plus forts que les remparts de Jéricho, ils constituaient une armure providentielle contre son infortune. Elle s’attendait à des vacances thérapeutiques, c’était l’union à un homme qu’elle avait trouvée.

10

Se manger des yeux, s'étreindre et se relâcher pour s'admirer encore, s'accrocher l'un à l'autre par les mains, se jurer un amour éternel et s'étendre, côte à côte, le regard abîmé dans l'immensité blanche du haut plafond : c'était le rite amoureux auquel Mali et Sébastien se livraient dans la tranquillité du loft de la rue Saint-François.

Ils se jurèrent alors fidélité pour toujours et placèrent leurs serments au-dessus de leurs vies. Ils se dirent des merveilles comme deux adolescents à peine sortis de l'enfance le feraient, pour jouer à l'homme et à la femme. Ils appartenaient au monde de l'adolescence éternelle, celle qui se fait puis se reconstruit à chaque branche des générations, et ne succombe pas sous les coups du mal, celle qui a toujours la force de renaître de ses cendres.

Ils avaient d'abord sombré dans les flots du plaisir, car le plaisir, c'est l'avant-goût du bonheur. Ils l'avaient chevillé au corps, ce bonheur. Ils étaient réellement devenus fous l'un de l'autre. La petite flamme de contentement que Sébastien avait allumée en Mali avait échauffé puis embrasé sa chair. De l'animal apeuré, meurtri qu'elle avait été l'espace d'un soir, Mali était redevenue, par magie, une reine incroyablement belle, impérieuse, presque dominatrice. Inconsciemment, en elle sourdaient des chants sans paroles pour remercier Dieu de l'avoir faite petite princesse malheureuse et de la conserver près de l'homme qu'elle aimait.

Mali était réapparue dans sa beauté originelle, sans artifice. Ses cheveux roulaient en cascade sur le traversin, son corps souple, sa peau ivoirine soulignée par endroits d'une ombre d'ébène, ployaient sous les caresses et sentaient le seringa aux douceurs de miel. Ils s'enivraient tous deux, se cherchant des yeux, se redécouvrant encore chaque seconde.

— Nous n'avons pas eu le temps de nous dire complètement que nous nous aimions, avait murmuré Sébastien.

— Nous avons toute la nuit, nous aurons toute la vie pour le faire, lui avait-elle répondu.

Étrangement, Mali s'était livrée à un rituel insolite. Sébastien avait allumé une bougie pour atténuer l'obscurité, alors elle avait porté la flamme à sept autres chandelles qu'elle avait disposées sur les chevets, sur le sol, en cercle tout autour du lit. Puis lentement, elle s'était de nouveau étendue à ses côtés, comme si elle eût besoin d'être purifiée par le feu et la lumière avant d'être reprise par son amant.

Étrange aussi parut-elle à Sébastien lorsqu'elle se piqua la paume de la main avec un canif sorti de son sac. Laissant couler quelques gouttes de sang, elle les avait portées à la bouche de Sébastien et lui avait demandé de faire de même avec son propre sang. Il avait accepté de se sacrifier aux tabous de cette âme sauvage, forte dans sa pureté, simple dans sa rusticité barbare.

— Je suis à toi pour la vie entière, et je te donne ce qu'il y a de plus précieux en moi, mon sang, avait-elle professé lentement en présentant la paume de sa main où avait éclos une fleur rouge.

Il avait opiné de la tête et Mali avait ajouté :

— Mon amour, répète après moi ce geste et ces paroles, pour que nous nous unissions entièrement, une fois et à jamais.

Le cœur de Sébastien s'était mis à gronder sourdement dans sa poitrine et ce sang dont elle avait réclamé une goutte frappait aux portes de ses tempes. S'il franchissait ce pas, il s'engageait pour toujours.

— Je suis à toi pour toute ma vie, et je te la voue cette vie, et je te la donne, reprit-il en faisant sonner les mots de cette déclaration solennelle.

Les heures, ces filles du soleil et de la lune, avaient parcouru un bon bout de chemin sans qu'ils s'en fussent aperçus. Les chandelles étaient éteintes depuis longtemps, ne laissant de leurs bâtonnets graciles que des coulures blanchâtres qui avaient taché le bois des chevets et s'étaient répandues sur la moquette.

Les deux corps s'éveillaient, comme au premier jour de leur amour, dans la pénombre veloutée du loft. L'atmosphère était tendre, claire sans être agressivement lumineuse. L'ambiance racontait ces matins du Sahara au ciel encore rose et frais comme un loukoum, quand les plantes heureuses de la clarté nouvelle lui rendent l'hommage de leurs parfums sucrés.

— Nous voilà seuls, face à face, à nous désirer encore plus, d'instant en instant. Oh ! Oui, je te le promets, je le jure même que je ne cesserai de t'aimer tout au long de ma vie.

— Qu'elle soit courte ou moins longue que je l'espère, il y aura toujours toi, présente, à l'angle de mes rues, sur ma route.

Certes, on décelait parfois de la poésie dans les mots de Sébastien, mais jamais l'un et l'autre n'avaient recouru à de telles expressions. Au cours de ce ballet de phrases emphatiques, Mali gardait ses yeux vrillés dans ceux de son amant où ils se reflétaient. Ces yeux-là étaient siens. Des yeux de femmes d'Afrique du Nord, puissants en chaleur, des yeux de braise, d'où sortait une intense lumière. Des yeux de reine, celle de Saba, d'Atlantide, d'Antioche, d'où fulgurait une passion aussi brûlante que les roches de Tipasa sous le soleil de midi. On y décelait tous les trésors d'un continent : les épices, la chaleur torride, la nuit grosse des senteurs du jour, le mystère des vieux coins retirés des casbahs, l'âcreté de l'air dans les basses rues qui serpentent sous l'ombre des toits.

Sébastien ne riait plus. Son visage prit une ride au milieu du front lorsque Mali l'embrassa sur le coin de la bouche. Toute une nuit, aussi tendre et langoureuse que les meilleures qu'ils avaient passées ensemble s'ouvrait pour eux.

Enlacés, éperdument égarés dans l'océan des délices qui les engloutissait, ils goûtaient encore une fois au fruit mûr, suave et sucré, de l'amour fou.

Ils se promirent tout : le monde, la lune, l'univers entier, dans un ping-pong d'étoiles qu'ils dispersaient autour d'eux. Ils se dirent des paroles tendres. Elle chanta un air inconnu à son oreille, il lui murmura des poèmes d'amour tiré d'on ne sait où.

Éperdument ivres l'un de l'autre, sans penser à l'avenir, sans reconnaître les signes du danger, ils savouraient l'instant calme, quand la nuit tombée avait recouvert de son manteau brun la lucarne du toit.

Ils s'étaient unis, l'un contre l'autre, à genoux, le buste droit, comme s'ils avaient voulu se recueillir dans une profonde prière. Ils avaient connu l'instant solennel de l'échange des vœux, des engagements, des paroles de courage qui vont se planter jusque dans le cœur du monde pour le rendre plus croyant.

Durant quelque temps encore, ils ne se murmurèrent que de vagues paroles, mais leurs mains étaient liées entre elles, moites de sueur, autant que de plaisir. Il n'y avait plus qu'eux sur ce lit qui semblait un navire. Ils partaient pour Cythère, cette île fameuse et lointaine d'où les amants ne reviennent jamais.

Leurs âmes s'envolaient déjà loin de La Rochelle, car leur chair devenue incorporelle flottait dans les éthers du firmament. Ô, comme Mali s'était merveilleusement livrée ! Comme Sébastien s'était si bien donné ! Il avait tout offert de lui, sans retenir une once de son âme et de son corps. Il avait tout offert à Mali qui ne refusa rien.

Au petit matin, dans le clair-obscur de la nuit

mourante, elle veillait, les yeux grands ouverts tandis que Sébastien dormait profondément comme un enfant. En pensée, elle parcourait ses propres chemins de vie dénués de plaisir, de fortune, d'amour. Elle revoyait son enfance, son adolescence encore toute récente, et se demandait comment elle avait pu survivre jusque-là.

En trois jours passés auprès de cet homme, le monde de son enfance, cette comédie humaine dans laquelle elle avait tenu un tout petit rôle, était fini. Sa vie avait basculé dans le meilleur de l'existence. Elle ne regrettait rien, bien qu'une crainte confuse lui fût toujours chevillée au corps, hantée par l'arrivée de ses frères.

Elle sortit de son rêve alors qu'à ses côtés Sébastien semblait s'y noyer encore. Elle baissa son regard sur ce corps mollement enfoui dans le plumetis. Un bras barrait le front du bel endormi. Elle attendit qu'un joli sourire d'ange flotte sur ses lèvres pour y déposer un baiser.

Quand il sortit du sommeil, de nouveaux doutes avaient repris possession de Mali. D'autres questions bourdonnaient en elle, répondant étrangement à ses propres certitudes. Son cœur murmurait : les joies violentes ont toutes des fins violentes. Après avoir hésité, elle avait finalement demandé :

— Dis, mon Seb, survivrons-nous à notre histoire ?

— Quelle curieuse question ! s'exclama-t-il à peine réveillé.

— Notre bonheur est trop beau, notre amour trop calme. J'ai le pressentiment qu'une tempête se prépare. Oh ! Sébastien, j'ai peur.

Elle s'était soudain blottie contre lui, recouvrant entièrement son buste de sa chevelure éclatante. Sébastien l'avait à nouveau entourée de ses bras, et serrée fort contre lui, tandis qu'elle réprimait un léger sanglot.

— N'aie crainte, ma reine, n'aie crainte, répétait-il un peu désappointé.

Se sentant cajolée, elle s'était mise à renifler comme une fillette prise d'un gros chagrin.

Pour la calmer, il fredonna sur un air de romance des paroles qui lui revenaient du plus loin de son enfance.

Ôte ta robe de tristesse
Et fais confiance au bonheur
Pour te revêtir de sa joie...

Alors, elle avait à nouveau souri. Il connaissait vraiment de belles choses !

Mali avait appuyé sa joue sur l'épaule de Sébastien. D'un geste lent et las elle avait écarté une longue mèche de ses cheveux. Derrière sa pommette saillante, son regard était fixe, vide de pleurs, mais encore brillant d'une trace de sa soudaine alarme.

Elle savait Sébastien d'une nature généreuse et d'un optimisme solidement accroché aux réalités. Rien ne pouvait entamer sa confiance. Pourtant elle lui avait affirmé :

— S'il nous arrivait malheur, je serais capable de me tuer.

Sa parole avait claqué comme la foudre.

— Là, là ! Doucement, mon amour. Mais pourquoi tant de troubles ? Tu vas finir par m´angoisser.

— Dis, te tuerais-tu aussi si je devais disparaître pour toujours ?

— Quelle autre question bizarre ? Mais pour quelle raison nous tuerions-nous ? Ne sommes-nous pas heureux, forts, tous deux ? Et de plus, nous sommes jeunes ... et je t'aime !

Une moue avait pointé sur les lèvres de Mali.

— Je t'ai dit que tu ne les connaissais pas, ceux qui sont à ma recherche, mes frères, et les copains de mes frères. Tu vois, j'aimerais mieux mourir maintenant que de retomber entre leurs mains.

— Tu n'as absolument rien à craindre désormais. Tu resteras cachée ici, le temps que l'alerte passe. Ils ne te trouveront pas et tu ne mourras pas.

— Oh ! Ça, tu le crois. Pas moi. Et il faudra bien que je sorte un jour. Non ?

Sur sa bouche s'était peinte une autre moue de tristesse, peu profonde, qui ressemblait plutôt à une bouderie colorée de regret indéfini.

— Ne t'inquiète pas. Je vais me charger d'eux, conclut Sébastien.

— Oh ! Non ! Ne le fais pas. Non, je crains pour toi, je crains pour nous, pour notre amour.

Elle se réfugiait à chaque alarme dans les bras de son amant.

Sur le petit matin, ils sombrèrent une fois encore dans un calme et doux sommeil. Une main à la peau très blanche emprisonnait des doigts d'ivoire. Un déluge de cheveux de femme ondulait sur la poitrine de l'homme et leurs deux respirations allaient à l'unisson, dans la pâleur timide du jour.

Pourtant une question tourbillonnait dans l'esprit de Sébastien. Pourquoi Mali pensait-elle si gravement à la mort ? Il y associa une autre pensée qui vint assombrir les premières joies de son bonheur : la prédiction d'une bohémienne. Elle lui avait dit un jour en scrutant les lignes de sa main qu'il mourrait jeune, mais sans douleur. Il avait cherché à savoir le pourquoi et le comment. La bohémienne ne lui avait pas répondu.

Bah ! Il ne croyait pas à ces sortilèges.

11

Le matin du 14 Juillet, la pluie était venue. Elle piquetait d'aiguilles fines la vitre du vasistas. D'abord légers, semblables aux coups de bec des moineaux, les chocs s'amplifièrent et devinrent terriblement sonores. Depuis le lit, on pouvait voir à travers le carreau des nuées de gouttes s'écraser en un battement assourdissant. L'ondée s'était renforcée au fur et à mesure que les nuages assombrissaient le ciel. Un éclair, un roulement de tambour puis des grondements se perdirent dans les buées cotonneuses.

Mali ruisselait d'une sueur glaciale. Son cauchemar l'avait laissée tremblante de froid.

Une fête. Des pétards explosaient tout autour. Elle riait fort, si fort que tous les gens se retournaient bizarrement. Alors, elle avait vu un, deux, trois visages, ceux qui étaient à sa recherche. Mais ce n'étaient pas ses frères ni leurs complices. Elle ne les reconnaissait pas. Ou plutôt, ils avaient tous un air de Sébastien. Non, ce n'était pas possible, il n'était pas des leurs ! Et si pourtant, car il se mettait à courir pour l'attraper. Elle ne pouvait pas s'enfuir. Il était presque sur elle. Mali se retrouvait subitement à terre, rampait pour échapper à son bourreau, et les pétards de la fête redoublaient de force, tombaient sur sa tête, s'emmêlaient à sa chevelure tandis qu'une pluie battait son visage à grands coups de fouet.

Ce fut à ce moment-là qu'elle suffoqua et se mit tout à coup à claquer des dents. Son nez se pinça et elle eut un sursaut pour s'extirper totalement de son mauvais rêve. Sur un côté du lit, la place était vide et froide. Sébastien avait disparu. Toujours aussi prévenant, il avait épinglé sur son oreiller un mot qu'il n'avait pas griffonné à la hâte. Il avait pris le temps de le rédiger posément d'une belle écriture.

« *Ma reine, je t'aime, je t'aime, et je t'aime encore. Tu vois, une fois ne suffit pas. Il me faut au moins le dire trois fois pour te déclarer mon amour. Je suis parti sans bruit comme tu pourras le constater à ton réveil, mais je dois passer ma matinée au travail. J'ai beaucoup de choses importantes à faire et, en particulier, pour toi. S'il te plaît, mon amour, ne sors pas aujourd'hui. Reste bien cachée dans notre appartement. (Je dis « notre » appartement, parce que nous sommes aujourd'hui liés pour toujours). Prends soin de toi, fais-toi belle, mange et bois à satiété. Il y a des provisions dans le réfrigérateur. Je serai avec toi dès ce soir. Je suis à toi pour toujours, mon ange. Seb.* »

Mali était toute ragaillardie du plaisir de lire les mots de Sébastien. Elle prit une longue aspiration, un souffle délicieux de l'air qui gonfla sa poitrine et inonda son âme de bonheur. Cet instant charmant la décida à mettre un pied à terre, et rejetant la couette qui l'enveloppait jusqu'à la taille, elle se leva d'un bond, nue, libre de tout, pour laisser aller son corps dans la légèreté de l'espace.

Sous la pluie qui tambourinait encore, là-haut sur la lucarne, Mali se sentait bien. Merveilleusement bien. Passant devant la psyché qui ornait le côté gauche de la porte d'entrée, elle s'observa dans sa nudité. Son regard remonta de ses cuisses, vers l'aine, le pubis qu'elle trouva orgueilleux, la courbe de la hanche, la taille, les seins lourds et bien pleins, la gorge jeune et puissante. Elle virevolta à droite et présenta au miroir son profil gauche. L'ombre d'un effroi effaroucha alors sa joie. Elle reconnut sa pommette encore tuméfiée et les marques infâmes qui n'avaient pas disparu.

Comme un fantôme chassé par le jour, elle s'effaça subitement du miroir, pour aller se jeter de nouveau sur le lit.

Mali pleurait encore quand le vent se leva et chassa les perles de pluie répandue sur la vitre du vasistas. Son long corps d'ébène poli, entièrement nu, n'avait pas ressenti jusqu'alors la fraîcheur de ce matin pluvieux. Saisie d'un tremblement incontrôlable, elle s'enfouit de nouveau sous la couette, la rabattit jusqu'au nez, et, fermant douloureusement les yeux d'où gouttait encore une larme, elle s'abandonna au songe qui la menait à Sébastien. Cette fois-ci, ce ne fut pas un cauchemar, mais un de ces jolis rêves chauds qui pousse le dormeur à s'attarder au creux du lit.

Sébastien lui avait conseillé de s'acagnarder dans cet appartement si bien aménagé pour qu'elle se sentît protégée, pareille à un petit oiseau enveloppé dans un nid de douceur. Mais ses tentations remontaient sans cesse à la surface comme des accrus répandus et reliés par la racine qui surgissent de la terre. Il lui avait recommandé de ne pas sortir du loft, pourtant elle brûlait d'envie d'aller prendre l'air de ce 14 juillet. Elle voulait vivre, quoiqu'il advînt. C'était pour cela qu'elle avait choisi de venir à La Rochelle. Elle brava l'interdiction et décida de franchir le Rubicon.

Devant la glace qui lui renvoyait bien trop le reflet de la réalité, Mali avait chaussé sa paire de lunettes de soleil pour dissimuler les traces hideuses soulignant son œil gauche.

Ayant relevé le col d'une vieille gabardine qu'elle avait extirpée de la penderie, elle plaçait maintenant adroitement ses pas entre les flaques de la dernière pluie, comme une petite fille jouant à la marelle. Elle n'avait pas pu résister à l'appel de la liberté bien qu'elle se sût en sécurité dans l'appartement. Elle avait tourné le verrou, ouvert la porte, puis refermé à l'aide de la petite clé de laiton prêtée par Sébastien, descendu le long escalier de bois qui geignait sous son passage et s'était volatilisée au contact du grand air, tel un joyau dérobé dans l'écrin du bonheur.

Maintenant, elle prenait le temps de laisser aller son regard sur ces miroirs inachevés que la pluie avait abandonné dans les défauts du macadam. Saint-Nicolas se mirait dans une flaque grisâtre tandis qu'au-dessus de la tour de la Chaîne, le ciel laissait voir se déchirer son voile nacré.

De l'autre bord du vieux port, sur le quai Valin,

des sons plus forts provenaient de l'attroupement des curieux qui attendaient le défilé du 14 juillet. Mali eut envie de se joindre à cette petite foule un peu timide qui osait prendre un grain ou deux pour regarder passer les beaux militaires.

Au petit matin, le miracle était accompli. Des papiers gras, boîtes de soda et autres ribambelles de détritus de la nuit, il ne restait plus rien. Le bitume était nettoyé, lavé, brossé, et les pavés reluisants de propreté. À peine à l'abri des regards, derrière le monument aux morts du square Valin, au seuil de sa tente, un jeune homme ébouriffé coupait des rondelles de concombre sur une tartine. À ses côtés, une femme au visage poupin de petite fille se grattait nerveusement la tête. Au loin, au-delà de l'étroite porte d'eau, entre les deux tours, sur une mer sans rides, se faufilaient des voiles blanches, plantées comme des plumes sur le miroir d'encre de l'océan.

Les yeux de Mali allaient d'une scène à une autre, accrochant, dévorant au passage toute la substance de ces beautés simples. La brume de son cauchemar du petit matin s'était dissipée. Son humeur joyeuse avait repris le dessus. Ces restes de vieux remparts grisâtres qui fermaient le port, l'eau argentée du bassin irisée de la douceur du ciel et le quai vidé de son tourbillon de noctambules, contribuaient probablement au calme qui régnait de nouveau dans son cœur. Elle aimait cette ville, ces maisons hautes, étroites, penchées parfois pour saluer le passant, ces rues tortueuses au pavé humide, cette lumière blafarde des matinées incertaines et cet air aux odeurs de fraîchin portées par le large.

Le visage à demi caché sous le col relevé de la gabardine, les yeux couverts d'une paire de lunettes opaque, personne ne pouvait la reconnaître. Seule sa chevelure de princesse orientale qui flottait sur ses épaules aurait pu la trahir. Confiante, elle s'était avancée au plus près des barrières pour voir le défilé.

Derrière les carreaux noirs, ses yeux allaient et venaient partout autour. Elle n'était pas une biche aux abois, bien au contraire, elle recherchait tout ce qui sur l'instant pouvait la contenter, voire la réjouir. Les tambours de la fanfare militaire commençaient à battre, un petit rayon de soleil perçait sous la brume et toutes les taches de couleurs se détachaient progressivement sur la grisaille ouatée du matin. C'est alors que ses yeux se posèrent à l'improviste sur un bel uniforme. Un officier de police, jeune, élancé, bien campé devant une escouade de policiers. « *Mais c'est Sébastien !* » s'exclama-t-elle.

Le jeune lieutenant de police se tenait près de la tribune officielle, jetant à gauche et à droite des coups d'œil continus. De sa place, il ne pouvait pas apercevoir Mali, mais lorsqu'elle se glissa le long des barrières pour l'approcher, il écarquilla les yeux de surprise. Il l'avait reconnue.

Spontanément, Sébastien se mit à rire de la voir enveloppée dans la gabardine, tenue aussi ridicule et inutile qu'un par-dessus en été. Passé un court instant d'étonnement amusé, son regard se durcit et, s'écartant un peu du pied de la tribune, il s'approcha. Le mécontentement était maintenant peint sur son visage. Mali n'y prit pas garde et lui adressa un gentil signe de la main.

— Que fais-tu là ? grinça-t-il entre ses dents.

La stupéfaction passa de l'un à l'autre. Qu'est-ce qui lui arrivait ?

— Je t'avais dit de ne pas quitter l'appartement, poursuivit-il d'un ton rogue qui ne demandait aucune réplique.

Plus que la confusion, l'anéantissement envahit subitement la jeune femme. Elle était redevenue d'un coup une fillette qu'on grondait, et devint vraiment toute petite comme si elle se recroquevillait sur elle-même. Une chaleur rougeâtre monta à ses joues. Ses yeux derrière les lunettes fumées s'affolèrent. Que se passait-il ? Sébastien avait réagi en père, en maître, et d'un ton sec très cassant la morigénait comme un enfant.

Plus jamais elle ne voulait entendre de reproches. Alors, celle qu'on avait réduite à l'état d'enfant eut un mouvement de révolte. Pour qui se prenait-il donc, Sébastien ? Non, elle ne pouvait accepter d'être ainsi considérée, même par celui qu'elle aimait intimement.

— Je ne suis pas ta fille, et tu n'es pas mon maître, même si tu es mon amant !

Autour d'elle, deux ou trois personnes se retournèrent. Hébété, subitement gêné, Sébastien en eut le souffle coupé. Il se rapprocha encore un peu pour lui parler, tout en ayant un œil sur le déroulement du défilé. Plus posément, il lui souffla quelques mots.

— Du calme ma reine, je veux seulement prendre soin de toi. Tu sais ce que tu risques en ce moment.

— J'en ai assez de me cacher, Seb. Je ne suis pas venue à La Rochelle pour ça. Tu le sais bien. Alors, fiche-moi la paix avec tes précautions de grand-père ! Je suis jeune et je veux vivre, vivre ! Tu comprends ça ?

La rougeur inondait son visage. Une chaleur étouffante lui ceignit le cou au point qu'elle en ouvrit le col de la gabardine.

En réponse, Sébastien cligna profondément des yeux comme s'il entendait vraiment ce qu'elle ressentait.

— Je comprends. Mais ne reste pas là. Rentre, s'il te plaît, répondit-il distraitement alors que son attention se fixait maintenant sur ce qui se passait en tribune. Puis il s'écarta vivement d'où il se trouvait pour revenir à sa tâche première, laissant choir le dialogue avec Mali.

Quelques courtes secondes, Mali resta interloquée. Le cœur chiffonné et un peu plus furieuse de la désinvolture manifestée soudain par Sébastien, elle pivota sur ses talons et s'en retourna en direction du quai Duperré tout en allongeant le pas.

12

Sébastien revint plus tôt que prévu au loft de la rue Saint-François, remettant son travail au lendemain ou à plus tard encore. La brève altercation avec Mali l'avait tracassé toute la matinée, au point qu'il avait négligé de changer de tenue et s'était présenté au seuil de sa porte d'appartement en uniforme. C'était très inhabituel. Le voisin du dessous, qui observait souvent à l'œilleton les montées ou les descentes dans l'escalier, s'était même étonné.

Avant d'engager la clé dans le barillet du verrou, Sébastien frappa quelques légers coups de l'index contre l'huis, pour ne pas effaroucher Mali au cas où elle serait rentrée. Une émotion naissait en lui, la crainte de devoir peut-être affronter un conflit qu'il aurait aimé repousser loin de leur amour tout neuf. Ni le glissement du pêne dans la serrure ni le chuintement de la porte qui s'entrebâille n'importunèrent la jeune femme.

Elle était là. Mali était bien là, assise au bord du lit, face tournée vers les fenêtres donnant sur la rue, tête baissée et voilée par la cascade de sa chevelure de jais épandue dans le dos. Aucun mouvement n'agitait son corps. Elle semblait accablée, peut-être immobile depuis des heures dans cette position. Quand Sébastien eut mis un pas dans le loft, il l'aperçut ainsi, légèrement courbée, prostrée dans un coin d'ombre produit par l'angle de la lucarne.

— Mali, ma reine, mon amour, ma princesse d'orient !

Il eut beau la traiter de tous les meilleurs qualificatifs dont il était expert, rien ne la fit bouger. Alors, jetant sa casquette sur la chaise de l'entrée et s'extirpant du carcan de sa veste d'uniforme, il approcha sur la moquette à pas de chat jusqu'au pied du lit. Enfin, quand elle devina sa haute silhouette s'avancer vers elle, elle dirigea son regard sur lui.

Son visage était défait, aussi triste qu'un pâle masque de carnaval vénitien. Le maquillage avait coulé sous ses yeux en longues bavures, sa bouche faisait une lippe disgracieuse et autour de sa tête, des frisons de cheveux noirs accentuaient le désordre de sa face.

Sans se faire inviter, Sébastien s'assit à côté d'elle, penaud, contrit, puis s'accolant tout à fait, il enveloppa d'un bras ses épaules et l'attira contre lui, sans rien dire. Mali ne manifesta aucune opposition et laissa aller librement son corps. Elle avait enfoui son visage de douleur sous sa merveilleuse chevelure et, peu à peu, par les faibles sanglots qu'il entendait et les légers soubresauts qu'il ressentait, Sébastien comprit qu'elle évacuait sa peine. Tout autour d'eux dans le loft le silence semblait peser sur leurs consciences.

Tête contre tête, ils demeurèrent fixes un instant comme deux êtres pétrifiés. Après un moment de calme, quand Sébastien jugea que Mali pouvait avoir retrouvé un peu de sérénité, il s'écarta et, du dos de sa main, essuya les amères coulées de larmes qui marbraient ses joues.

— Je le sais. Je t'ai parlé avec trop de sévérité, mais je ne l'ai fait que pour ton bien, ma princesse. J'en suis meurtri moi aussi et je te demande pardon.

Tout en reniflant encore, Mali avait hoché la tête. Avait-elle compris ce que Sébastien voulait lui faire entendre ? Sans doute, oui. Mais après réflexion, elle avait à décharger ouvertement ce qu'elle avait encore sur le cœur. Là-bas, sur le quai Valin le matin même, tandis que Sébastien l'admonestait comme une fillette, un bout de son âme avait été malmené, écorché. Sa blessure ne s'était pas entièrement refermée. Le serait-elle désormais ? Elle se disait que les premiers beaux jours nappés de miel s'étaient enfuis, que l'un et l'autre étaient conduits naturellement à se conformer aux rigueurs d'une cruelle réalité à laquelle elle aurait aimé ne plus être confrontée.

À genoux près d'elle, Sébastien tentait maintenant de dégager son visage resté masqué sous le rideau de ses cheveux. Il en soulevait quelques mèches qu'il essayait d'accrocher à son oreille comme on attacherait le pan d'un voilage à une embrasse. Il avait toujours ces gestes délicats qui, au début de leur rencontre, avaient si bien conquis la belle fille sarrasine.

Un tout petit sourire pointa sur les lèvres de Mali, donnant à penser qu'elle était sur la voie de la réconciliation. Un soupir gonfla sa poitrine. Alors, elle regarda Sébastien droit dans les yeux et s'ouvrirent pour déclarer l'aboutissement de ses pensées :

— Et pourtant je tiens à toi, Seb. Mais devrais-je seulement rester attachée à toi sans vraiment t'aimer ? Est-ce qu'un vase brisé une fois peut être recollé et servir une autre fois aussi bien qu'auparavant ?

— Ne m'aimerais-tu plus ?

— Non, ce n'est pas ça, mais laisse-moi te dire ce qui me barbouille le cœur. J'ai peur, vois-tu, j'ai peur de moi-même, de ce que je suis. Tu es toujours mon espoir, pourtant je frémis de tout ce que je suis, car mon passé me colle à la peau comme un mauvais sparadrap qui ne peut pas se détacher.

Alors, Sébastien eut la délicatesse de l'écouter parler sans l'interrompre. Il l'entendit remuer la cendre froide de ses souvenirs. Elle ressassait sa propre histoire, celle de ses parents, des gens semblables au vent qui n'ont pas de patrie ou rêvent encore à celle qu'ils ont laissée là-bas, sans vraiment garder un espoir d'y retourner. Ces êtres déracinés, rassemblés dans une vaste cité de béton, vivaient au jour le jour sans perspective d'horizon plus clair. La religion ne les soutenait même pas, seules persistaient encore les coutumes auxquelles s'agrippaient leurs vies.

Elle parlait encore de ses frères comme des diables encharnés, des gosses qui s'étaient forgé une autorité en traînant dans les rues, les couloirs d'immeubles et les recoins cachés, en ourdissant mille combines avec d'autres anges déchus, au sein des légions d'immeubles froids et sans âme.

« *Tu ne dois pas traîner avec les garçons ni leur parler. Tu sais ce qu'ils ont derrière la tête* », phrase sacrée de ses parents, tant de fois répétée à la maison et reprise par ses frères, les plus grands et même le petit. Fille aînée de la famille, elle n'avait pas le choix. Il lui fallait éternellement boire la potion amère, sans se rebeller contre l'ordre établi par ses pères. Maintenant, ses frères s'étaient entichés de religion. Là-bas, aux Ulis, on les rencontrait souvent le vendredi, revêtus d'un qamis, les pieds nus dans des sandales ouvertes. C'était un paravent commode pour dissimuler leurs mauvaises et méchantes actions. Au nom de la religion, ils disaient protéger Mali de toutes les nuisibles tentations de la vie et grâce à Dieu, ils étaient faits pour accomplir cette mission. Ils ne rêvaient que de régner en maîtres sur les âmes faibles et vivaient comme des seigneurs de leurs petits trafics innombrables.

Ses père et mère avaient même perdu tout pouvoir et aujourd'hui, la seule pensée de contredire leurs fils les faisait trembler. Comment pouvaient-ils s'y opposer ? Peut-on vouloir ce que l'on ne peut empêcher ? La nouvelle loi était une force qui venait de la rue, de la faiblesse des esprits et de la misère tout court, dure, impitoyable, aveugle. Non, Mali ne pouvait plus le supporter. Pendant longtemps elle s'était soumise, et depuis longtemps aussi elle imaginait qu'elle s'en échapperait un jour. Il fallait être patiente, attendre. Elle attendit, et l'occasion vint à elle. Il fallait partir loin de la banlieue, se faire oublier, disparaître, mais vivre librement sans se cacher. À l'origine, La Rochelle n'était qu'une étape. Elle pensait poursuivre plus loin sa route. Elle connaissait du monde, des cousins à ses parents dans le quartier de Mireuil, où elle serait accueillie en toute confiance. Hélas ! Tout était vicié. Son chemin était miné de préjugés, de faussetés, d'ignorance et d'intolérance.

— Et puis je t'ai rencontré, mon Seb. Tu m'as sauvée un moment des démons qui me poursuivent encore aujourd'hui. Mais je ne sais plus que faire, ils sont toujours autour de moi, et moi je veux vivre libre. Je ne sais pas si tu me comprends bien toi aussi.

— Calme-toi, ma princesse, lui répéta-t-il à la fin de cette amère et longue confession.

Il passait doucement sa main sur les ondulations luisantes de ses cheveux, s'emparait au hasard d'une mèche qu'il entourait autour d'un doigt tout en souriant.

— Heureusement, poursuivit-il, tous les jours n'ont pas de ressemblance et la lune change d'aspect tous les soirs. Tu le sais. Tu sais aussi que la vie réserve de drôles de détours. La preuve, nos chemins se sont croisés. C'est un signe dans le cours de ton destin, insista-t-il pour la convaincre et la rassurer.

Au bout de ces quelques jours, Sébastien n'imaginait plus pouvoir se séparer de sa jolie gazelle. Il était imprégné d'elle au point d'éprouver avec Mali une union presque consubstantielle, indissoluble, immortelle. Comme il avait changé lui aussi ! Il s'était soumis aux effets de son charme qui l'avait envoûté dès la première heure et pour la fin des jours. Il en était ainsi et il se laissait couler dans un bonheur sans soucis, embrassant celui-ci de toute sa force, de tout son esprit, sans crainte qu'il ne s'échappe un jour de ses bras.

Las du bourdonnement de leurs pensées, ils finirent par s'étendre tous les deux sur le lit, côte à côte, main dans la main, la face tournée vers le plafond.

— Regarde, fit subitement Sébastien.

Il indiqua la lucarne de la pointe du menton.

— Regarde, une fenêtre de ciel bleu se découpe dans les nuages.

Elle leva son regard, le redescendit sur Sébastien, sourit enfin tandis qu'il la dévorait déjà des yeux. Ils s'enlacèrent et leurs corps ne se quittèrent plus de la nuit.

13

Le jour qui s'était faufilé par la lucarne s'avança à pas feutrés sur la moquette puis vint délicatement chauffer la joue restée découverte sur l'oreiller. Ce doux contact tira de la boule de cheveux emmêlés un grognement de plaisir. Mali sortit la tête, fit lentement glisser la couette de coton le long de sa taille et s'étira en tous sens, jusqu'au moment où son bras se mit à tâter la place d'à côté. Elle était vide. Encore une fois, vide.

Palpant du bout des doigts l'espace occupé par l'extrémité du traversin, elle toucha quelque chose qui bruissait comme un papier que l'on froisse. Elle se dressa d'un coup sur un coude. Ses yeux encore voilés de sommeil découvrirent une page de carnet épinglée et des mots gribouillés à la hâte. Une habitude que Sébastien avait prise avec elle quand il s'absentait tôt et souhaitait ne pas la réveiller. Il était donc parti. À quelle heure ?

Mali secoua la tête pour chasser les questions inutiles qui commençaient à la taquiner, fit sauter l'épingle agrafée au tissu et s'appropria le billet. Elle lut.

« Étalé, fluide, multicolore
Un champ de fleurs
Est ton lit.
Vide,
Comme une coquille de noix oubliée,
Il attend
Impatiemment,
Que je vienne te prendre entre mes bras.
À ce soir, ma reine de Saba ! »

C'était tout lui, le flic poète, l'amateur de musique ringarde, le beau Seb, l'artiste des plaisirs en tous genres, l'homme qui aujourd'hui l'enchaînait avec toutes les bontés dont il pouvait la couvrir. Comment refuser un tel esclavage ?

Une servitude imposée au moyen de chaînes en or, oui, mais un esclavage tout de même. Ses lèvres firent une moue boudeuse. Ses premières pensées du matin étaient rugueuses comme sa langue qui n'avait encore rien avalé depuis la veille. Pourtant, sa bouche s'orna d'un sourire et elle déposa ses lèvres sur le brin de poème laissé par Sébastien.

Mali avait une journée entière devant elle. L'évocation de cette idée l'effrayait. Ce serait une immense forêt de longue attente. Son chevalier servant n'arriverait que le soir venu pour la prendre dans ses bras et l'asseoir sur la selle de son blanc destrier, puis l'emporter dans un monde merveilleux de rêves. En cette minute, elle aurait presque chanté « *Un jour, mon prince viendra* ».

La tartine de confiture lui échappa subitement des

doigts et le songe chevaleresque s'écroula d'un coup. Elle se prit la tête entre les mains pour y retenir toutes les heureuses certitudes. Tel le vertige né d'une trop forte nostalgie, elles lui donnèrent soudain envie de vomir. Il ne fallait rien gâcher, pas ce bonheur-là.

Tout au long de la matinée, elle erra du lit à l'espace-cuisine, de la salle de bain au lit, demi-nue, seulement couverte d'une grande chemise blanche empruntée à Sébastien et qui cachait à peine sa nudité intime. Quand elle s'arrêtait parfois, au cours de sa promenade sans but dans le loft, elle s'approchait instinctivement du juke-box. Toujours sans se décider, elle posait alors l'ongle d'un doigt sur ce Rock-Ola Tempo-2 soigneusement conservé, en faisait crier les touches en matière plastique, mais ne parvenait jamais à choisir la chanson qui pouvait refléter l'état présent de son âme.

Une fois pourtant, elle se décida à enfoncer une touche, au hasard, sans regarder le clavier, se disant que l'action qu'elle déclenchait lui donnerait peut-être la clé de la boîte à enfermer les doutes. La voix sensuelle de Juliette Gréco se mit à lui susurrer.

« *Si tu t'imagines, fillette, fillette, xa va xa va xa va durer toujours la saison des amours…* »

Elle augmenta le son, revint s'étendre, fiévreuse, sur le lit défait et s'évertua à perdre son regard dans la blancheur du plafond maintenant baigné de lumière.

« *… ce que tu te goures si tu crois, petite…* »

Alors, elle se retourna, enfouit son visage de madone orientale dans l'oreiller et se mit à bouder. Longtemps. Le silence la tira de sa prostration. La voix de Gréco s'était éteinte et Mali se trouva soudain ridicule d'être toujours là, vêtue d'une simple chemise, à se lamenter sur elle-même, grisée par les paroles abominablement réalistes de cette chanson. S'agitant subitement, elle se précipita sous la douche, s'aspergea d'un parfum pour homme qui traînait sur une étagère, s'habilla en venant se mirer à plusieurs reprises dans la glace près de l'entrée. Elle se regardait, longuement, tentant de trouver dans son reflet la meilleure attitude à observer. Tantôt, un soupçon de sourire appuyé du redressement d'un sourcil, la rendait sévère. Tantôt, elle se lançait une grimace pour se rendre affreuse. Ou bien, elle redevenait sérieuse, sans remuer un muscle du visage, l'œil triste, la bouche dénuée d'expression. Tout cela ne signifiait rien. À quel drôle de jeu se livrait-elle ? Des gamineries pour passer le temps, ou bien une répétition du rôle qu'elle jouerait ce soir, quand son Sébastien rentrerait ?

Non, elle n'y songeait pas vraiment. Elle se dit qu'elle était folle, qu'il lui fallait réfléchir et retrouver la raison. C'était la faute de Sébastien. C'était lui qui l'avait rendue folle. Une journée entière, seule dans le loft à tourner en rond, pour rien. Quelle inutilité ! Quel gâchis !

Mali se sentait prisonnière. Avait-elle gagné en liberté en rencontrant Sébastien et en vivant avec lui ? Quelle différence avec son état antérieur ? Elle était venue à La Rochelle pour trouver la parfaite liberté à laquelle elle aspirait, et elle découvrait une situation semblable, ou presque, à celle qu'elle avait vécue auparavant. C'était en quelque sorte une autre forme de soumission. Son sort serait-il donc toujours d'être enchaînée à un homme, quel qu'il fût, son père, ses frères, son amant ?

Perpétuel sentiment de la femme que celui d'appartenir à quelqu'un sans pouvoir entièrement disposer d'elle-même ou d'agir comme elle l'entend. Il faut être seule, sans chaînes. Pourtant, être seule, confrontée à l'hostilité ou à la détestation, quelle différence au résultat, avec l'esclavage ?

Mali comprenait qu'elle était désormais capable de réfléchir, de discerner ce qui était bon ou mauvais pour elle. Intimement, elle pensait que les lumières qui l'éclairaient aujourd'hui lui étaient venues au contact de son amant rochelais. Même si elle n'était pas tout à fait sûre du lien qui l'avait nouée à Sébastien, elle reconnaissait qu'il lui avait ouvert les yeux et l'entendement. Après sa banlieue, il y avait eu La Rochelle, et rien n'était plus comme avant.

D'un autre côté, malgré l'amour qu'elle vouait à Sébastien, un amour scellé par l'échange sacré de leurs sangs, elle ne pouvait refouler les questions qui la tarabustaient. Quel était son avenir réel en sa compagnie ? Rester ainsi, longtemps, toujours disponible à l'attendre, enfermée dans un somptueux appartement et subir des reproches comme ceux qu'elle avait essuyés la veille, parce qu'elle demandait un moment d'évasion ? Que devenait son amour pour lui dans ces conditions ? Elle s'était enchaînée elle-même, Sébastien n'était pas le seul responsable. Ce ne sont pas les tyrans qui font les esclaves, ce sont les esclaves qui font les maîtres.

Ne pouvait-elle pas le quitter ? Rien de plus facile que de partir, poser sa main sur la poignée de porte, ouvrir et refermer derrière elle, sans regarder en arrière. Oserait-elle ? Aurait-elle la force de quitter cet homme à qui elle s'était entièrement donnée, qui lui-même se donnait à elle en la choyant, en la faisant rire et sourire, en l'aimant tout simplement. Que ferait-elle ensuite ? Où aller ? C'était le trahir et courir le risque d'être retrouvée par ceux qu'elle avait rejetés.

Une fois rattrapée par ceux qu'elle fuyait, ne lui resterait-il aucun choix ? Faudrait-il boire au calice amer de l'éternel retour ? Passer sous Les Fourches caudines de ces seigneurs tout-puissants que sont ses hérédités, sa culture, ses pères, ses frères ? Elle sentait bien que sa vie s'était murée derrière elle sans pour autant s'ouvrir au-devant. Que pouvait-elle et que savait-elle faire ? Rien. Elle ne saurait désormais rien faire d'autre que d'attendre son amant.

Elle aurait voulu se retrouver deux jours en arrière, quand Sébastien, tout vibrant d'amour, la faisait rire aux éclats, lui susurrait d'incroyables mots tendres à l'oreille, quand il la prenait de tout son corps et la transportait dans un monde prodigieusement meilleur. Elle aurait voulu effacer ces deux derniers jours maussades qui la séparaient du bonheur, et pouvoir décréter une journée morte pour arrêter le cours du temps !

Sans qu'elle s'en aperçût, le soir était venu. Là-haut, la lucarne teintée de brun laissait deviner au-delà de la vitre le fourmillement diffus des lumières de la ville. Sortie de ses interminables réflexions, Mali sentit le froid tomber sur ses épaules. Rêvant de trouver le réconfort dans les bras de Sébastien, elle s'avança vers le lit resté défait. Il était froid.

Tout à coup, le téléphone retentit. À part la voix de Juliette Gréco qui avait rompu le silence, c'était la première animation sonore de la journée. Mali décrocha.

— C'est toi ?

Elle répondit à l'interlocuteur :

— Oui, mon amour.

Mais elle l'énonça sur un ton triste et peu rassuré.

— Tu ne viendras pas pour le dîner ? Quoi ? Une mission urgente ? Et moi, qu'est-ce que je fais ? ajouta-t-elle en montant le ton.

Le cœur battant, elle écoutait la réplique de Sébastien. Elle écoutait et ne disait mot. Puis, finalement, sans plus attendre, elle raccrocha.

Elle ne versa aucune larme, mais elle sentit tout d'un coup que sa vie devenait aussi vide qu'une chrysalide abandonnée par son occupant. Ce soir, Sébastien semblait sourd à son émoi, aussi sourd qu'une urne funéraire. Le froid la saisit. Il manquait une âme dans le loft pour la réchauffer.

Sans plus réfléchir, elle décrocha sa veste-manteau de la patère, l'enfila rageusement, appuya sur la poignée de la serrure, sortit et laissa choir derrière elle la porte sans la verrouiller.

La nuit était pleine quand elle déboucha sur le quai Duperré déjà noir de monde en ce début de soirée.

14

L'obscurité arrivait et sa buée brune se répandait partout. Rapidement, il fit nuit noire, une nuit aussi épaisse que les portes de l'enfer. Était-ce un présage parvenu jusque dans le tumulte des passants qui arpentaient benoîtement, comme tous les soirs d'été, ce long quai Duperré bourdonnant de bruits divers ?

Ici pourtant, l'ambiance était à la fête et les terrasses des cafés, bondées. Une bande de cracheurs de feu rassemblait autour d'elle une autre bande, celle des badauds désœuvrés qui ont coutume de regarder le spectacle d'un œil bovin, tandis que leur langue s'applique à lécher les coulures d'une double crème glacée le long d'un cornet.

Contrastant avec le tourbillon du vieux port, l'intérieur de la vieille ville était presque désert. Il y traînait un air de désolation et d'abandon. Près des porches des magasins clos, des monceaux de sacs-poubelle attendaient la main laborieuse des éboueurs pour les ramasser, à moins que les coups de pied des fêtards pour les disperser ne les précèdent.

Tels trois profonds chemins obscurs pris entre de

hautes falaises, les rues resserrées qui aboutissent à la petite place de Moureilles étaient mortes. Cernée par de grandes maisons antiques et par le mur-rempart de l'église Saint-Sauveur, la placette semblait recouvrir d'un voile incertain quelques vagues personnages qui se faufilaient dans l'ombre.

Combien étaient-ils ? Trois, cinq, six ? Difficile de le dire. Au centre où se croisent les rues, vautrés sur le banc de pierre qu'abritait l'unique touffe d'acacia, quelques-uns paraissaient somnoler. D'un coin encore plus discret, d'autres allaient et venaient, nonchalants, échangeaient quelques brèves paroles, tendaient une main, empochaient quelque chose, puis s'éloignaient sans pouvoir éviter la lumière aux reflets cuivrés de l'éclairage public.

Dans l'atmosphère tout en moiteur, l'air humide sentait cette odeur aigre-douce de poisson pourri, poussée jusqu'au cœur de la ville par un petit vent marin. Les arbres au centre de la placette en frémissaient de toutes leurs feuilles. Il y avait du sel dans l'haleine du soir, autant qu'il y avait de l'excitation dans les yeux qui s'efforçaient de percer l'obscurité. À l'exception de ces discrètes silhouettes semblant nager dans les ténèbres, tout paraissait dormir.

Pourtant, à l'un des pignons perpendiculaires à l'église Saint-Sauveur, une seule fenêtre laissait apercevoir deux silhouettes ébauchées en ombres chinoises sur un fond à peine éclairé. Des amants, probablement, semblaient s'enlacer puis se séparer, accoudés au rebord de la fenêtre. Un minuscule point lumineux rougeoyait par intermittence en plein centre du visage de l'un de ces deux fantômes, suivi d'une fumée bleutée, aussitôt sublimée et absorbée par l'obscurité. Une des ombres avait porté une cigarette à sa bouche et l'avait allumée avec un briquet d'où avait jailli une flamme illuminant entièrement son visage. C'était celui de l'homme du couple à la fenêtre.

C'est ainsi que le signal avait été lancé. Des trois rues-tranchées qui mènent à la place avait alors déboulé une troupe. Dix, quinze, vingt créatures vêtues de sombre et sorties de nulle part, avaient encerclé la place de Moureilles. Aucun son, aucune parole, tout avait été dirigé au geste. Des professionnels. Scindés en deux groupes compacts, étirés sur deux lignes, les hommes en noir s'étaient peu à peu resserrés autour de la banquette en pierre.

Ceux qui étaient subitement assaillis s'étaient rapidement retrouvés dos au mur de Saint-Sauveur. Face à face, deux troupes se surveillaient, immobiles, la première attentive au mouvement de l'autre, la seconde silencieuse bloquant toutes les issues. Il était inutile de crier « *Halte, police !* ». Ceux qui pensaient à s'échapper savaient bien à qui ils avaient affaire. Mais le silence avait été rompu d'un coup.

— Police ! Restez où vous êtes !

Dès lors, tout avait chaviré. L'annonce lancée avait électrisé les ombres inconnues. Glissées le long du mur où l'instant d'avant elles s'étaient cantonnées, elles étaient prises en tenailles. Ne pouvant s'échapper, il ne leur restait qu'une seule voie : l'affrontement. Les assiégés avaient fait bloc, face à la cohorte vêtue de nuit. Inexorablement, ils s'étaient peu à peu rapprochés, et la place de Moureilles s'était rapidement emplie de vociférations multiples. Nulle parole intelligible ne pouvait être distinguée de cette rumeur brouillonne. S'en était suivi une confuse mêlée. Mais avant que se fussent entrechoqués les groupes ennemis, une lame effilée sortie de l'ombre, luisit sous les rayons d'un faible éclairage.

— Arrête-le, celui-là ! Attention au couteau !

Retrouvant immédiatement l'obscurité d'où il était sorti, l'éclair avait disparu, accompagné d'un grand cri de douleur.

Trois hommes en noir s'étaient rués sur un inconnu qui, trébuchant en s'enfuyant, était tombé le nez dans le sable, au pied de l'acacia. Il avait du sang sur le visage et sur le torse, mais était-ce bien le sien ? Non, peut-être celui de la victime du coup de couteau.

Il s'était trouvé bloqué, serré fortement à même le sol, un genou dans les reins. Quatre mains s'efforçaient de maintenir ses bras dans le dos et une autre l'avait saisi par les cheveux, tirant furieusement sa tête à l'arrière. L'individu hurlait de douleur et criait plus qu'il n'en fallait. Pourtant, les mains de fer qui l'avaient empoigné le maintenaient rudement à terre.

Un peu plus loin, un groupe de policiers vêtus de noir s'était rassemblé autour d'un autre homme gisant au sol. Il était inerte, les bras en croix. Son blouson avait été ouvert. De sa chemise défaite et déchirée en partie sourdait une tache noire qui s'étendait sur son côté gauche. Un peu de liquide sombre coulait d'une plaie et formait une petite flaque en se répandant sur les pavés. Le sang coulait. Un cri avait percé la nuit.

— Ils ont fait couler le sang, les salauds ! Eh, les gars, appelez vite les secours. C'est Thierry, il est gravement touché !

Du côté de ceux qui bloquaient à terre le malchanceux fuyard, une autre voix s'était élevée violemment.

— Dis, salopard, c'est toi qui as fait ça ?

— Non, pas moi. C'est pas moi. Je le jure, m'sieur ! avait-il répondu, la bouche à demi étouffée par un pli de la parka du policier.

— Pas toi ? Qui alors ?

— J'sais pas, m'sieur, j'sais pas. Vous me faites mal. Aïe ! Serrez pas si fort !

— Sale bête. Animal nuisible. Pourri, c'est toi, hein, qui l'as planté !

— Non, j'vous dis que non. Pas moi. J'ai pas d'couteau.

— Qui c'est alors ?

— J'sais pas j'vous dis !

Une grande claque était partie se fracasser sur la joue du présumé menteur.

— Aïe, Aïe ! Non ! C'est pas moi !

— Je sais maintenant que c'est pas toi ! Alors qui ? Réponds, saloperie ! Tu vas payer pour l'autre, même si c'est pas toi.

— Laisse, José, avait ordonné une voix impérative. Arrête ça. On s'occupera mieux de lui tout à l'heure. Le fourgon arrive. Montez le suspect dedans et grimpez-le au bureau. Il causera. Il faut qu'il cause.

— C'est bon, tête de noix, t'as de la chance que le lieutenant est correct, sinon…

Nombre de gyrophares avaient surgi, piquant la nuit

de leurs dards acides. De vifs éclairs avaient coloré de bleu les murs de la placette des Moureilles où étaient venus s'agglutiner des curieux. Là-haut, d'une fenêtre donnant sur la place, une silhouette avait ouvert les volets et s'était accoudée, observant de son perchoir la scène où se jouait le drame.

— Hé, messieurs ! Je n'ai pas tout vu, mais je crois que votre gars a filé par la petite rue de Moureilles. Il n'est peut-être pas loin. Vous en avez eu d'autres ?

— Qu'est-ce que vous avez vu ? avait demandé une ombre d'en bas.

— Je les ai aperçus vers le début du soir. Il commençait à faire sombre, mais j'ai bien vu. Leur manège avait attiré mon attention. Ils étaient trois. L'un semblait faire le guet sous l'arbre, un deuxième s'était planqué dans l'angle, juste là en dessous. Le troisième venait avec un inconnu. Ils causaient sans bruit. Puis l'inconnu repartait vers le gars qui faisait le guet. Alors le mec dans l'angle du mur, se détachait, partait un bon moment puis revenait. Il rappelait le type inconnu et lui donnait quelque chose. L'autre aussi devait lui remettre quelque chose. Un échange, quoi. Vous savez ce que c'est, bien sûr.

On avait fait monter le détenu dans un fourgon. Thierry était resté étendu au sol. Il était blême dans la nuit. Les lampes virevoltaient tout autour et découvraient son visage crispé par la douleur. Il tremblait de tout son corps. Son menton tressautait excessivement. Il claquait des dents.

— Ça va ? Allez, tiens bon !

Il balbutiait.

— Non, ça va pas. Pas du tout. Oh ! les gars, je vais crever. Je le sens.

— Tais-toi, dis pas de connerie. Tiens, les pompiers arrivent avec le SAMU. Allez, tiens bon.

— Mais ça va pas bien. Vite, lieutenant, faites quelque chose pour moi.

— Ne t'inquiète pas. On t'emmène à l'hôpital. Tu vas remonter la pente.

Sébastien lui avait lâché la main. Thierry, tel l'homme de la chapelle Sixtine au jour de sa création, tendait toujours un doigt vers celui qu'il considérait son sauveur. Finalement, la main s'était abaissée, comme à regret, et avait rejoint la partie sanguinolente du corps. Dans la nuit, son regard brillait encore plus, pour emporter l'image de Sébastien vers l'inconnu. Son inconnu à lui. Sans doute le même que celui de ceux disparus avant lui.

La troupe des hommes en noir s'était divisée pour partir à la recherche du fuyard, à travers le dédale des rues. Le groupe de Sébastien l'avait repéré et cerné dans la petite rue du Beurre. Tel un animal sauvage effrayé, il avait tout tenté pour échapper à ses poursuivants.

Hélas ! Aucune échappatoire. Alors, en désespoir de cause, il avait ressorti de son blouson la lame fatale qui était encore tachée du sang de sa victime, prêt à l'enfoncer de nouveau dans le corps de celui qui l'approcherait.

Il allait réellement embrocher un des hommes à son contact quand son geste avait été arrêté dans son élan par la flamme jaillie d'une arme à feu. Un seul claquement de culasse, une seule détonation. Un seul éclair avait illuminé pendant un bref instant la scène critique, puis l'homme au couteau effilé s'était écroulé sur lui-même. Les gyrophares avaient lancé de l'encre bleue sur les murs des immeubles alentour. Les quelques curieux qui traînaient leur ennui à cette heure de la nuit, s'étaient amassés autour du spectacle tragique.

Sébastien avait tué. Il ne l'avait pas voulu. Il l'avait fait, d'instinct, dans un instant incontrôlé, aussi machinalement que le nommé Meursault de « *l'Étranger* ». Faire cesser la violence avait été son unique raison. Pour empêcher un autre meurtre, il avait commis ce geste irréparable qui l'emmènerait sur les chemins tortueux d'une providence incertaine.

Comment en était-il arrivé là ? Lui, Sébastien le pacifique, celui qui n'aimait pas les actes contraires à la morale, la violence pour éteindre la violence, s'était laissé submerger par la puissance de l'instinct de conservation. Il n'avait pas choisi : pour empêcher un assassinat, il en avait commis un autre. Oui, mais il était légitime, car il avait été accompli pour protéger la vie d'un des siens.

Pourtant, la légitimité de son geste ne figurait pas parmi les arguments que sa conscience approuvait. Ce n'était pas un principe nécessaire et suffisant pour sa justification morale, mais ce serait peut-être la base sur laquelle, avec l'assentiment de sa tyrannique administration, il serait juridiquement déchargé de sa responsabilité pénale. Le cercle de la raison est une chose utile et confortable : on s'y enferme pour se protéger de toutes les exagérations irraisonnables, de tous les extrémismes. À l'intérieur, on y blanchit sa conscience et la suite de sa propre histoire en est avantageusement rééquilibrée.

Ce pauvre raisonnement avait tourné cent fois dans sa tête, et Sébastien n'était pas parvenu à se convaincre lui-même. Son acte lui restait, non pas sur la conscience, mais, bien pire, sur le cœur. Cette charge lourde à porter le conduisit à la fatigue puis à l'épuisement.

Épuisé, il l'était. Les quelques heures passées au bureau à prévenir tous azimuts les autorités compétentes, à formuler ses premières déclarations devant le chef du service, à revivre en mémoire le film inexorable des événements qui s'étaient enchaînés, avaient conduit Sébastien à un degré de fatigue jamais atteint.

Et la victime, celle qu'il avait tuée de sa propre main ? On venait juste de l'identifier. L'homme étendu sur le sol au bout de la rue du Beurre s'appelait Kamel Azzoug, un de ces mauvais garçons débarqués à La Rochelle des wagons bondés, descendus de la banlieue parisienne au début de l'été.

15

Sur les coups de quatre heures, Sébastien poussa la porte du loft de la rue Saint-François. Le bruit des marches qui grinçaient habituellement sous ses pas résonnait plus fort dans le silence de la pénombre. La nuit menaçait encore les coins retirés que la faible clarté du jour n'avait pas encore altérés.

Il entrebâilla l'huis avec précaution, ne sachant pas si Mali dormait. Elle devait être là depuis longtemps à l'attendre. Il se sentit immédiatement fautif de n'avoir pu venir la retrouver plus tôt et de ne l'avoir pas prévenue. Tâtonnant quelque peu, il passa un bras sur le côté de la porte pour accéder à l'interrupteur de la lampe d'ambiance située près de l'entrée. Une lumière aussi diffuse que discrète fusa, l'autorisant à entrer discrètement puis à refermer la porte délicatement.

Son premier réflexe avait été de jeter un regard du côté du lit. Deux coussins laissaient l'illusion d'un corps étendu, mais il ne pouvait distinguer réellement si Mali y était présente.

Souvent, une lumière voilée et des couleurs poudrées rendent l'ambiance angoissante. Aussi, son cœur s'était mis à battre comme celui d'un adolescent enamouré en tournant son regard çà et là, dans l'atmosphère incertaine de l'ombre.

Il s'approcha du lit sur la pointe des pieds et constata que sa princesse n'y était pas. Cette émotion redoubla les battements de son cœur. Le lit avait été refait consciencieusement, comme il avait l'habitude de le rabattre avant de quitter l'appartement. Il alluma les spots lumineux du plafond et vit franchement que les lieux étaient vides, vides de Mali, vides d'une toute petite espérance nourrie en entrant. Il revint éteindre la lumière, puis dans la pénombre revenue, s'étendit sur le lit et se mit à penser.

Où était-elle partie ? Les pourquoi et les comment se bousculaient dans sa tête. Pourtant, c'était évident, Mali n'avait pas pu attendre ici des heures durant, une morne éternité sans lui. Il ne pouvait pas lui demander de se claquemurer et de s'armer d'une sainte patience pour le seul plaisir de la retrouver ici, à la disposition de son cœur. Sébastien en était bien conscient. Cependant, quelque chose d'indicible lui faisait mal à cet instant. Une sorte de vague inquiétude. Une idée qu'il se faisait subitement de leur avenir commun, de leur vie future dans ce loft, dans cette ville, dans ces temps troublés parfois par des accès de violence.

Un frisson passa dans ses reins et son front se plissa de rides. Comment avait-il pu s'attacher autant à cette fille des banlieues, au point qu'il ne savait plus se passer d'elle ? Lui était-elle aussi fidèle qu'il l'était à son égard ? Leur relation avait été facile à son début, quand il ne s'agissait alors que d'un jeu, d'une simple amourette empreinte d'exotisme. Il avait eu envie de connaître une fille aux allures piquantes, sortie d'un autre univers idéalisé : la femme maure, une descendante des anciens Barbaresques, qui avait du chien, sentait bon le jasmin, les parfums aux tons chauds et aux fragrances fleuries. Elle s'était prêtée sans restriction à son jeu naturel de séducteur et la frivolité de leurs premiers flirts avait subtilement tourné à l'amour fou, à la passion tout aussi sage que sauvage.

Sage et sauvage, oui. Avec Mali, il avait pénétré dans un nouvel univers, où deux mondes opposés se confondaient, s'unissaient, fusionnaient. Comme deux chenets d'une cheminée, inséparables pour leur équilibre, ils commençaient à connaître tant de feux, tant de passions. Ils n'avaient pourtant jamais craint les brûlures, quand ils se vautraient ensemble dans des délices ineffables, à la douceur de la nuit.

À la volupté et au désir avaient succédé l'adoration puis la tendresse. Un attachement subtil, bien au-delà du charnel, les liait malgré eux, en dépit des mauvais coups de la vie qui ne tarderaient pas à les heurter de leur violence. Les imprévus de l'existence s'étaient finalement manifestés. Malgré la ferveur de leur amour, les deux mondes confondus tendaient désormais à s'éloigner de nouveau, à dériver tels deux continents se repoussant l'un l'autre.

Pourtant, à cet instant, les images qui inondaient sa tête reposée sur un coin de l'oreiller souriaient en lui d'un espoir consistant. Mali lui apparaissait belle, racée, douce comme un fruit à croquer. Ses lèvres portaient la beauté du sourire des anges et son front bombé, luisant comme le vieil ivoire, resplendissait sous ses baisers. Sa gorge de déesse antique frémissait sous ses caresses, ses fines jambes ambrées étaient faites pour l'enlacer et de son air de princesse orientale sourdait les pigments dorés et embaumés de sa peau. Comment ne pas l'aimer dans toute sa personne, et pourquoi s'en séparerait-il ? D'autant que son tempérament de petite fille, un peu innocente, la rendait encore plus attachante et lui causait une envie de la protéger, de la choyer, de la combler de bonheur. Alors, pourquoi cette idée folle de s'écarter l'un de l'autre ?

Sébastien avait gardé toutes ses idées fraîches de l'adolescence. Dans la poussière du jour qui tardait à venir, étendu mollement sur le lit, les yeux perdus dans la pâle lueur de la lucarne, il attendait l'avenir radieux d'un matin proche, comme le veilleur attend l'aurore, avec impatience et certitude. Il ne pensait plus à lui, au drame qu'il avait vécu cette nuit. Les fantômes des ténèbres s'évanouissaient au fur et à mesure que le jour venait et le scandale de la mort s'éloignait peu à peu. Restait devant son regard la silhouette chérie de sa reine de Saba.

Un craquement plus fort sur le palier, le son métallique d'une clé qui résiste à glisser dans le verrou et l'hésitation d'un pas butant contre le seuil, tirèrent Sébastien de ses rêveries. Effectivement, on fouillait au verrou de la porte qui bientôt céda et s'entrouvrit pour laisser passer une silhouette tout hésitante. Sébastien se redressa sur un coude et laissa entrer la forme humaine qu'il identifia très vite : Mali. Elle passait la moitié de son corps entre la porte et le chambranle, coulant une main en direction de l'interrupteur. Tout d'un coup, un grand bruit explosa dans le silence. Malgré les précautions prises pour pénétrer dans le loft, elle venait de renverser de son pied le porte-parapluie en fonte. Un grognement ou un juron informe et brouillé était sorti de ses lèvres. Pour mieux reconnaître son chemin, elle avait enclenché d'un coup de pouce le bouton interrupteur. La lumière avait jailli, renvoyant la lueur naissante du jour à plus tard.

Mali reprit son équilibre, releva le porte-parapluie, sans s'apercevoir que l'appartement était déjà habité. Après un pas ou deux, Sébastien se rendit compte qu'elle titubait manifestement.

— Mais, tu es ivre !

Il quitta aussitôt sa position mi-allongée, sauta du lit et vint retenir Mali qui tanguait de gauche à droite. Mollement surprise, elle le repoussa pour donner une contenance à son attitude et nasilla quelques mots du genre :

— Ah ! Tu es là. Je vais boire un verre d'eau et je vais me coucher.

— Tu es vraiment ivre, ma reine ! Où es-tu allée pour te mettre dans un tel état ? Je ne comprends pas, je ne comprends plus. D'où viens-tu ?

Jamais il n'aurait imaginé un tel comportement et il la questionnait comme un juge s'adresse à un coupable.

— Là, là, laisse-moi. Je vais me coucher, lâcha-t-elle en bredouillant des mots qui s'emmêlaient dans sa bouche.

— Une douche te ferait grand bien. Viens, insista-t-il en la saisissant par un bras pour la conduire vers la salle de bain.

Un peu rétive, indécise et incapable de se gouverner seule, elle se laissa mener sans opposer beaucoup de résistance à la fermeté déployée par Sébastien. Il l'aida à se délester de ses vêtements. Comme une petite fille se prête aux gestes innocents d'une mère, elle ne bougea pas. Elle reniflait puis ricanait quand les doigts de son amant effleuraient sa peau aux endroits sensibles. Tenant à peine debout, elle avait tendance à ployer sur ses jambes. Sébastien la soutint et contempla un court instant cette anatomie magnifique qu'il dénudait sans gêne. Puis, quittant la salle de bain, il abandonna Mali dont le corps entier ruisselait déjà sous les crépitements de la douche.

Quand elle sortit cinq minutes plus tard, enveloppée dans cet ample peignoir qui lui donnait l'aspect d'un chartreux, Sébastien, les bras croisés, lui fit signe de venir s'asseoir près de lui. Elle le rejoignit à petits pas comptés, l'air un peu penaud. Son ivresse n'était pas totalement dissipée et elle titubait encore.

Toujours hésitante, une fois assise, elle s'accola finalement à lui, tête basse, bras enfouis dans les larges manches du peignoir. Sébastien la saisit par les épaules pour la caresser tendrement. Ce geste de douceur déclencha un long soupir puis causa des soubresauts quand elle fondit en larmes.

Attendant que la crise cessât un peu, il murmura à son oreille :

— Pourquoi t'es-tu mise dans un tel état ?

Mali fondait toujours comme neige au printemps et ne parvenait pas à placer un mot entre deux reniflements plaintifs. Ce devait être si difficile à exprimer, si honteux à dire qu'elle ne cessait de sangloter. Ces pleurs lui faisaient d'autant plus mal qu'ils étaient retenus, le sentiment de sa dignité l'emportant sur le désordre du moment. Un autre soupir aussi puissant qu'un râle glissa entre ses lèvres et se perdit contre l'épaule de Sébastien.

— Tu as fait une grosse bêtise, oui, ma princesse. Moi j'en ai fait une énorme, certainement bien plus grave que la tienne.

Mali releva alors peu à peu son beau visage de madone africaine et interrogea Sébastien de son regard larmoyant. Il lui sourit tendrement, sans rien ajouter à ses premiers mots. À cet instant, ils se regardaient comme deux figures d'anges admirant mutuellement leur beauté. Puis les traits de Sébastien redevinrent sérieux, presque sévères, tandis que Mali attendait une parole. Il réfléchit encore avant de se décider.

— Comment t'appelles-tu ?

Il se reprit :

— Enfin… je veux savoir plutôt ton nom de famille, comprends-tu ?

L'étonnement brilla dans les yeux de Mali, souligné par un froncement de sourcils.

— Oui, rappelle-moi ton nom. Tu me l'as peut-être dit, mais je l'ai oublié.

— Quelle importance ? s'exclama enfin la jeune femme. Pourquoi mon nom ? Est-ce que ça a de l'intérêt pour nous ?

S'écartant de Sébastien, Mali baissa à nouveau son beau regard, l'ancra sur le sol et enfonçant le tranchant de ses mains entre ses genoux, demeura muette.

— Allons, réponds-moi. C'est très important.

Silencieuse, elle remua la tête à gauche puis à droite. Non, pas d'importance, se répétait-elle.

— Réponds-moi, enfin ! s'emporta-t-il subitement.

— Mais pourquoi cette question ? Pour me fliquer ? répliqua-t-elle sur le même ton.

Sébastien avala sa salive. C'était une gifle qu'il prenait sur la figure de sa conscience. Il ne voulait pas que Mali fût comme d'autres filles ordinaires et vulgaires. Elle était devenue et restait son idole de femme. Le mot trop dur qu'elle avait employé était comme une blessure portée sur l'idéal qu'il se faisait d'elle. Calme, il s'était retenu de lui répondre et envisageait désormais autrement sa demande.

— T'appelles-tu Azzoug ?

Le rouge lui monta rapidement aux joues, mais elle blêmit aussitôt après. Elle prit une forte inspiration et l'émotion subite souleva de mouvements convulsifs sa poitrine nue sous le peignoir. Elle jeta un coup d'œil étrangement interrogatif à Sébastien avant de lui répondre :

—Oui, mais enfin pourquoi ?

Sébastien baissa la tête, puis insensiblement, relevant le front où s'accumulaient des nuages de soucis, il pénétra de ses yeux ardents ceux de Mali totalement ébahie. Il ne parlait pas, il la regardait profondément.

— Qu'est-ce qu'il y a ? Dis-le-moi, murmura-t-elle,

sur le ton d'une mendiante qui attend une aumône.

— J'ai tué ton frère.

Un coup mortel la transperça jusqu'au fond de son cœur. Était-ce possible ? Elle fit d'abord celle qui ne comprenait pas. Puis, seulement du regard, elle interrogea Sébastien. Ce remarquable regard dans lequel l'iris bleuté des yeux éclairait le reste de son visage parlait. Avant qu'elle ne trouvât les mots qui ne venaient pas pour répondre, Sébastien ajouta :

— C'était un accident, je ne voulais pas le tuer. Mais il s'est…

Sa phrase resta en suspens et Mali souffla :

— Qui ? Djibril ou Kamel ?

De nouveau, Sébastien baissa la tête en répondant :

— Kamel.

D'abord émue en posant ses questions, elle demeura soudain de marbre. Rien de son corps tout à coup raidi ne bougeait. Elle semblait s'être entièrement libérée de son ivresse. Elle était sans voix, ses lèvres aux couleurs de mûres restaient pincées et avaient pâli. Mais dans ses yeux brillèrent une, deux, trois perles qui se rassemblèrent au bord des paupières et s'écoulèrent sur ses joues. Telle une statue, Mali demeura immobile, longuement.

Maintenant, elle pleurait. Des larmes perlaient sous son menton et pourtant, elle ne cillait pas. Elle ne disait mot et ne bougeait pas. Sébastien n'osait pas lui parler, la brusquer, manquant de savoir-faire dans une telle situation. Il la laissa seule résorber le débordement de son chagrin.

De longues minutes s'étirèrent, l'eau de ses larmes

se dissipa, elle leva enfin la tête pour regarder Sébastien. De nouveau, elle détourna son regard qu'elle fixa sur la porte d'entrée. Ses lèvres s'entrouvrirent pour laisser un murmure prendre son essor.

— Et pourtant, je l'aimais… c'était mon petit frère.

Ces premiers mots lancés dans le silence, amenèrent un flot de paroles qui revenait rouler sur ses souvenirs. Mali eut besoin d'exprimer les traits du passé. Une longue logorrhée commençait à couler de sa bouche et pouvait être une thérapie apte à épancher son chagrin.

— Il n'était pourtant pas méchant quand il était petit. Il était même sage, obéissant, pas capricieux et doux à la fois. Il était mon cadet d'un an et les jeux ensemble nous avaient rapprochés. Il m'aimait, me sautait au cou quand il me retrouvait, boudait un peu quand il fallait que je m'absente. Je l'aimais, affectueusement, tendrement, car il était au masculin un autre moi-même, comme mon jumeau. Nous faisions l'admiration de nos parents et dans leur esprit, Malika n'allait pas sans Kamel et Kamel sans Malika...

Elle raconta ensuite comment Kamel avait grandi. Quand il avait eu l'âge de traîner avec d'autres gamins dans la rue, son attitude avait peu à peu changé. Son langage était devenu plus dur, plus cru, voir sévère et à l'âge de dix ans, il était devenu un petit sauvage rebelle, à l'image de ceux qu'il fréquentait dans le quartier. Hélas, il avait suivi trop bien l'exemple de Djibril, le frère aîné, qui l'avait entraîné dans ses aventureuses expériences. Quand Mali et ses parents s'étaient aperçu qu'ils trafiquaient avec d'autres bandes de la banlieue, il était déjà trop tard pour les en empêcher. La police débarquait quelquefois dans le quartier. Kamel autant que Djibril et quelques autres garçons instables se ruaient comme des chats sauvages dans le tourbillon de la violence. Ainsi, deux ou trois années passèrent qui marquèrent un tournant dans l'évolution de son frère. Avec ses parents désespérés et dépassés, Mali avait connu tous les maux du quartier, les descentes de police, les bagarres, les arrestations, les emprisonnements, les libérations, puis de nouveau les trafics, le désordre dans les entrées d'immeubles, les cris, les disputes.

Perpétuellement, ils avaient enduré la mauvaise foi, le mensonge, les sous-entendus, les excès de langage et la colère de ces jeunes en général et de leurs enfants en particulier. Ce ne fut plus seulement dans la rue que les problèmes survenaient. Tout ce qui était mauvais, nuisible, trompeur, trouble ou dément s'était introduit dans leur foyer. Adieu confiance, bonjour méfiance. Plus d'affection, mais de l'agressivité. Et par là-dessus, ses deux frères avaient imposé une rigueur religieuse extrême. Ils s'étaient mis à fréquenter assidûment la salle de prières et s'y rendaient désormais en qamis blancs et coiffés d'un bonnet de prière. Ils se sont imaginé lui faire porter le voile. Bien entendu, elle avait refusé. Alors un jour, devant ses parents impuissants qui criaient de ne pas la frapper, ils l'avaient fouetté avec un martinet. Elle n'avait pas cédé, mais à partir de ce moment-là, ils l'avaient traitée comme un sous-être, un animal qu'il fallait dresser.

Dorénavant, Mali ne reconnaissait plus Kamel, et

quand elle avait pu le prendre à part en l'absence de Djibril, elle lui avait demandé, l'avait supplié même de redevenir avec elle comme il l'avait été quand ils étaient enfants. Il lui avait répondu avec un sourire où se lisait le mépris : « *tu es une femme et tu dois te soumettre.* »

À partir de là, sa vie était devenue un enfer. Atteint d'une crise cardiaque, son père devint impotent. Sa mère, qui ne voulait pas déplaire à ses frères, n'osait dire mot et prenait parfois parti contre elle. Heureusement, Mali avait trouvé un travail comme caissière dans un supermarché, à l'autre bout de la banlieue. Elle prenait le métro chaque jour. C'était le seul moyen de s'évader en dehors de l'appartement et du quartier où elle étouffait.

— M'évader, m'évader. J'y ai souvent songé. Mais comment faire ? J'étais surveillée, enfermée dans ma misère et mon ennui. J'ai réfléchi, et je me suis dit qu'il fallait absolument agir. Aussi, tout en faisant celle qui se pliait peu à peu aux exigences de mes frères, j'ai mis discrètement de côté une partie de l'argent que je gagnais. Je dissimulais le montant de mon salaire et j'espérais ainsi disparaître un jour, lorsque l'occasion se présenterait.

Un terrible silence glaçait le loft. Sans trembler, elle poursuivit :

— J'ai failli réussir, mon amour, en faisant ta connaissance par hasard. Je me suis placée sous ta protection, sans le savoir vraiment, et j'ai redécouvert avec toi la beauté, la douceur, la tendresse, l'intelligence, la compréhension, toutes les qualités, toutes les valeurs que j'avais perdues et oubliées. Tu es mon refuge, tu es mon espoir, tu es ma vie, tu es tout pour moi, et j'en suis aujourd'hui au point de ne plus pouvoir te quitter. Je suis liée à toi, par le corps et par l'esprit. Je suis ta princesse, tu es mon sauveur.

Mali ne nasillait plus, ne reniflait plus. Elle avait exprimé ses tourments et sa foi, d'une traite, avec un débit de paroles exempt de craintes et de retenues. Maintenant, elle se sentait mieux. Elle avait déclaré à Sébastien tout ce qu'elle n'avait pu lui dire jusqu'alors. Par ce discours, elle se liait un peu plus à lui, mais avec la volonté réfléchie de s'attacher à un homme désiré, choisi. Pourtant, peut-on choisir ce que nous réserve le destin, ce voile incertain que filent les Parques ?

Sébastien l'avait écoutée sans l'interrompre, le regard fixé sur son visage au front lisse, éclairé par la lumière des spots. Il dévorait ses yeux qui cillaient à peine et sa bouche aux lèvres frémissantes quand elle avait évoqué ses douleurs et ses peines, son nez légèrement aquilin, la beauté de sa peau et la splendeur de sa chevelure. Mali était plus désirable encore dans ces moments de transformation en petite madone douloureuse et l'attirance naturelle que Sébastien avait pour elle se décuplait en force.

Assis sur le lit, il l'avait contemplée, bouillante d'émotions et brillante de sincérité. Une aura d'authenticité entourait la jeune femme. Chaque seconde, il l'aimait davantage. Ses yeux ne voyaient qu'elle et son envie ne désirait qu'elle. Dans cet instant de pure extase, il éprouva le besoin de se rapprocher et de s'étendre sur ses genoux, vaincu, abattu de fatigue.

Mais arrêtant les élans de son amant, Mali reprit ses réflexions.

— Je suis partagée entre mon amour pour toi et la colère. En tuant Kamel, tu as tué les plus tendres souvenirs de mon passé. Mais, pourquoi aurais-je à te reprocher ce que tu as accompli par devoir ou nécessité ? Non, pas de reproche. Je ressens pourtant qu'on m'a volé aujourd'hui une partie de moi. Même si ce frère que j'ai tant aimé et aussi tant haï ne méritait peut-être que le sort qui lui est advenu. C'était fatal. C'était sans doute écrit. Mais je crains maintenant pour toi, pour moi, que la haine incrustée dans nos murs n'entre bientôt dans nos cœurs.

Sébastien avait pâli, les traits de son visage s'étaient contractés, s'alarmant des mots terribles que Mali avait prononcés. Il faut redouter la colère de la colombe et un courroux qui murmure est plus menaçant qu'une éruption d'humeur. Il allait justement ouvrir la bouche pour apaiser Mali quand elle le surprit.

— Non, mon amour, je n'ai pas de haine envers toi. Je serai toute à toi, maintenant et pour toujours, mais j'ai peur pour toi. J'ai peur des dangers que tu cours et j'ai peur que l'aversion envers les gens de ma race ne se saisisse de toi. Je suis consciente de ce que je suis, du monde auquel j'appartiens et qui n'est pas le tien. Je sais que certains nous détestent, nous méprisent, et je sais aussi que tu m'aimes malgré nos différences. Tu me comprends. Alors je me dis qu'on peut toujours transformer les moments de haine en quelque chose de beau, puisque nous sommes l'exemple vivant d'un amour éternel.

Depuis sa plus lointaine enfance, jamais Sébastien n'avait versé de larmes. Cependant il sentit ses yeux se mouiller. Jamais un émoi n'avait été si vif. Il était bouleversé d'avoir entendu cette femme, qui n'avait pourtant pas fait Assas, exprimer si bien ses sentiments. Où avait-elle trouvé les mots ? Sans conteste, ils coulaient d'une âme immaculée comme l'eau cristalline ruisselle d'une source pure.

Les grandes douleurs transforment les êtres. Parfois, elles traînent derrière elles les chariots boueux du dégoût, de la rancune. Parfois, elles élèvent l'esprit bien au-dessus de la normale et donnent des ailes à l'amour. Sébastien se trouva transporté loin de lui-même par les paroles sublimes de cette fille du royaume de Saba. Subjugué par la sagesse et la tendresse que Mali avait montrées, il n'aurait pas osé la toucher si elle ne s'était pas rapprochée pour lui prendre délicatement la main.

Dès lors, ce geste fut le signal d'une exaltation sans limites.

16

Tard dans la matinée, les amants que la nuit avait une nouvelle fois réunis étaient encore enlacés. Le franc jour tombait de la lucarne et n'avait pas interrompu le sommeil dans lequel ils s'étaient oubliés. De longues mèches de cheveux noirs roulaient sur l'épaule dénudée de Sébastien. Les yeux clos, il dormait ou peut-être flânait-il juste à la lisière de l'éveil. Étendue à plat ventre, son beau corps de bronze bloqué contre son amant, Mali laissait reposer son bras gauche sur le torse de celui-ci. Elle dormait profondément.

Pourtant, avant le petit jour, ils avaient devisé encore et encore. Elle s'était entièrement relâchée. Son passé avait roulé naturellement de ses lèvres, livré sans retenue à Sébastien. Ses peurs demeuraient vives, mais retrouvant la sécurité auprès de lui, elle était revenue sur le chemin de l'espoir. Il lui avait dit que la vie est un songe, qu'il faut l'emplir d'amour, de bonheur et de joie. Elle lui avait répondu qu'elle avait trouvé auprès de lui cet amour, ce bonheur et cette joie. C'était la raison de son attachement à l'homme qu'il était. Elle était forte avec lui, engagée à la vie à la mort à ses côtés. Il lui paraissait tout à fait incroyable que deux êtres si différents puissent s'aimer si fort. La vie avait repris un sens le jour où, par inadvertance, elle avait renversé un verre de bière sur son pantalon.

Fous et ivres d'un transport sans limites, oubliant tout ce qui avait pu un moment les désunir, ils s'étaient de nouveau enlacés à la pointe du jour. Se fondant rageusement, violemment l'un dans l'autre pour ne faire qu'une seule et même personne, ils semblaient deux atomes assemblés en un seul élément, égaré dans un univers fourmillant d'hostilités, de craintes et d'envies contrariées.

Ils reposaient maintenant calmement au milieu de cette couche, uniquement animés du souffle lent et prolongé du dormeur paisible, dans la torpeur du sommeil innocent de ceux qui n'ont rien à se reprocher.

Pourtant, le front de Sébastien se couvrit soudain de rides. Ce n'était pas le franc jour qui avait réveillé sa conscience, mais un crissement du parquet sur le palier d'entrée. Aussitôt, il entendit un ou deux coups frappés à la porte, fermes et discrets à la fois. On n'avait pas eu l'idée d'appuyer sur le bouton de l'interphone, ou peut-être n'avait-on pas voulu le faire de crainte d'alarmer l'occupant du loft.

Dégageant doucement le bras de Mali qui lui barrait la base du cou, Sébastien se tourna d'abord du côté du réveil placé sur la table de chevet et vit qu'il marquait neuf heures. Il sentit d'un coup son cœur battre plus vite et sauta du lit. Sans prendre le temps de passer un vêtement, il alla tout droit à la porte, approcha son regard de l'œilleton et aperçut un de ses collègues. Pierre Méchain, jetait de temps à autre un coup d'œil à la porte en montrant des signes d'impatience. Ce dernier allait frapper un peu plus fort quand Sébastien, donnant signe de vie, l'arrêta dans son élan en lui chuchotant à travers l'huis :

— Attends un instant. J'ouvre.

Il se précipita sans bruit jusqu'à l'entrée de la douche, décrocha un peignoir qu'il enfila à la hâte et revint à la porte en l'ouvrant à moitié. Sans explication, il murmura :

— Chut, elle dort ! Je me suis un peu oublié. Que veux-tu ?

— C'est qu'on te demande au service.

Sébastien savait bien qu'il devait revenir au service, mais le « *on te demande* » l'interrogeait. Qui le demandait ? À peine sorti de ses songes, son entendement était bloqué par une hésitation. L'autre comprit son silence interrogatif et ajouta :

— L'inspection générale est descendue de Paris.

Les bœufs-carottes ! Maintenant, il comprenait. Il réalisait trop bien. C'était prévu, le destin était cousu d'avance. On devait subir l'interrogatoire de l'Inspection dans toute affaire où il y avait mort d'homme. C'était obligatoire, pour ne pas dire automatique. Il aurait pu s'en douter et se livrer dès le lever du jour aux mains de ceux qui posent des questions à la police. Il n'était pas de ceux qui repoussaient les responsabilités. Il savait ce qu'il avait commis et il devait assumer les devoirs de sa charge.

Tandis que Méchain attendait sur le palier, Sébastien ouvrit sans bruit un des tiroirs de la commode, en tira un slip qu'il enfila puis sauta littéralement dans le pantalon vaguement abandonné sur le dossier d'une chaise. Il tourna les yeux vers le lit : Mali sommeillait encore. Il s'activa à se vêtir d'une chemise à manches longues dont le col allait recevoir une cravate pour être présentable devant les enquêteurs de l'Inspection. Mieux valait être bien habillé, se dit-il, se donnant l'illusion qu'une apparence soignée assurerait la mansuétude des inquisiteurs.

Malgré les précautions prises à observer le silence, bruissements et frottements éveillèrent Mali. Elle marmonna différents sons, puis s'accoudant à l'oreiller, elle nasilla encore quelques mots.

— Qu'est-ce que c'est ? Qu'est-ce qui se passe ?

Sébastien porta un index au bord de ses lèvres et se rapprocha du lit. Le corps à moitié nu, Mali se frottait les yeux, éblouis par la lumière du jour et s'interrogeait.

— Je pars...

— Déjà ?

Il hésita une seconde, s'inquiétant de l'effet qu'allait produire la suite de ses paroles.

— Je reviens dès que je peux. On m'attend. Tu comprends ?

Non, elle ne comprenait pas, mais en revanche, elle voyait bien qu'elle allait encore rester seule, à tourner en rond, à ne savoir que faire ni où aller sans être près de lui. Plus que jamais, elle avait besoin de lui. Et Sébastien avait toujours quelque chose qui le retenait loin d'elle.

Elle demeura interdite un instant à remettre ses idées en place puis elle s'assit, les jambes pendantes sur un côté du lit. Les bras tendus sur le bord du matelas, elle regarda nonchalamment Sébastien se chausser et se préparer à partir. Mû par un dernier regret d'abandonner sa jolie princesse, il revint et appliqua un baiser sur ses lèvres avant de s'en retourner vers la porte.

N'avoir qu'une seule envie et ne pouvoir la satisfaire est source d'ennui. N'ayant pu garder son amant près d'elle et pour elle, une fois Sébastien sorti, Mali se roula de nouveau dans les draps. Elle enfouit sa tête dans l'oreiller et tenta de retrouver le sommeil pour oublier ce moment d'abandon. Se tournant et se retournant maintes fois, elle ne parvint pas à retrouver la paix. La vacuité du moment qui venait, la perspective d'une matinée sans Sébastien firent peu à peu leur œuvre sur son âme tourmentée. Elle était venue à La Rochelle pour profiter de tout ce qu'offrait cette ville en mouvement l'été. Désormais, elle ne savait plus ce qu'elle y pourrait trouver, seule au milieu d'une population estivale désœuvrée. Une sorte de répugnance monta à sa bouche et la fit subitement se redresser dans le lit, déjà étourdie de pensées troubles qui enfiévraient son front.

Finalement elle se leva. Libre encore de tout vêtement, elle erra un moment dans le loft, vint devant le grand miroir, s'y mira avec mollesse et contempla son corps nu comme elle se plaisait à le faire depuis qu'elle avait commencé à habiter les lieux. Occuper ce corps, lui donner du plaisir, pensa-t-elle, voilà à quoi elle pouvait seulement passer sa journée. Mais Sébastien n'était pas là pour satisfaire ses envies.

Était-ce de la vanité malsaine que de se regarder dans la glace ? Elle avait envie de faire des insolences au soleil, au ciel, à la lumière du jour, voulant être plus brillante qu'eux. Ce n'était pourtant pas qu'elle se trouvât plus belle qu'un astre, mais, sans le reconnaître, sa beauté émanait naturellement comme un rayonnement. L'éclat de ses yeux limpides, l'incarnat de sa bouche, le lustre de sa peau, la finesse de sa taille, l'éclat coruscant de ses cheveux éblouissait son amant. Elle s'admira encore longtemps, se tournant sur tous les angles, en se disant que cette chair si belle et si luisante n'était faite que pour la joie de celui qu'elle aimait.

Mali se dit pourtant qu'elle devrait sortir et ne pas tourner en rond dans cet appartement orphelin d'une âme absente. Sortir, se noyer sans but dans la masse des promeneurs sur les quais, s'attabler devant un cappuccino, se bercer au mouvement des vagues des passants, perdre son regard dans la brume du ciel sur le vieux port, voilà à quoi elle s'attendait. C'était la seule distraction qui pût la satisfaire en attendant de retrouver Sébastien.

Or, intuitivement, elle avait conscience des dangers qu'elle courait en se promenant seule parmi la foule d'inconnus. Peut-être en sortirait-il un de ces êtres qu'elle fuyait ? Elle ne les reconnaîtrait pas, mais eux la connaissaient et agissant sous l'influence de son frère Djibril, ils la repéreraient avant de commettre le pire. Son intuition lui disait aussi que Sébastien pouvait courir de grands risques. Elle savait bien ce dont les gens comme Djibril, étaient capables.

Alors, de nouveau prise de doute, elle décida de retourner se coucher, de passer cette longue journée à se vautrer dans le lit, à rêver de Sébastien, en attendant que le sommeil peut-être la reconquière. Mais au bout d'un quart d'heure, elle ne tenait plus en place. Elle avait beau vouloir se détendre, oublier même celui qui occupait ses pensées, elle se releva et vint se doucher à la salle de bain.

Jamais elle n'avait pris autant de douches que depuis qu'elle habitait avec Sébastien. Ce luxe qu'elle se payait avait un goût d'opulence. Cet hédonisme nouveau couvait depuis longtemps dans sa tête et constituait en quelque sorte une revanche sur ce qu'elle avait été avant de le connaître.

Dès lors, chaque fois qu'elle sentait sa peau picotée par ces dizaines de petits jets jaillissant de la pomme de métal, elle se revivifiait à la pensée que cette eau la purifiait de ses tracas et de ses mélancolies. Aussi, ce moment de relâchement sous la pluie artificielle lui fut-il salutaire. Elle avait refoulé en quelques minutes ses mornes égarements. Elle n'hésiterait plus. Elle sortirait.

17

À l'autre bout du cœur de ville, là où les touristes se faisaient moins nombreux, dans cet ancien hôtel du XVIIIe siècle aux murs délavés par le temps, Sébastien avait été exposé toute la journée aux questions des « *grands inquisiteurs* ».

En costumes sombres et chemises blanches, le cheveu court, une barbe de trois jours leur barbouillant le visage, le regard à demi masqué par des lunettes fumées, deux dogues, tout droit sortis d'un cauchemar ou d'une ancienne légende, l'avaient questionné.

Pour lui, c'était clair. Il n'avait vu que la lame étincelante pointer dangereusement vers lui et ses proches collègues. Il avait employé, dans l'urgence, le seul moyen d'empêcher qu'un nouveau meurtre ne soit commis. Le désarmer eût été impossible, la lame était trop dangereusement prête à tuer. Dans ces circonstances, on n'a pas le temps d'analyser en toute quiétude si le danger est imminent ou pas et si la réplique au danger est réelle et proportionnée à l'attaque. On voit le péril immédiat et on réagit.

Sur l'instant, il n'avait pas eu le temps de penser à

d'autres solutions pour neutraliser l'homme au couteau. Instinctivement, il avait très vite dégainé son arme et avait tiré.

— Une seule fois ?

Une seule fois.

Sitôt après le claquement du coup de feu, il s'était dit qu'il n'était pas un personnage de roman. Il n'avait pas été ébloui par le soleil et tiré cinq coups de feu successifs sur un homme sans avoir de bonnes raisons de le faire. Il n'était pas un monstre parce que, son acte une fois accompli, il n'avait pas eu de regrets.

— En avait-il maintenant ?

Non, il n'en avait pas. Excepté ce vague doute de soi qui erre toujours dans la tête quand un homme normal est amené à supprimer une vie, il n'éprouvait pas de remords. Selon lui, il avait accompli son devoir en pensant à Thierry, l'enquêteur qui n'avait pas survécu au coup de couteau dans le cœur.

— C'est en quelque sorte par esprit de vengeance que vous avez commis ce geste ?

Il avait répondu poliment, posément.

— J'exerce mon métier du mieux possible et je ne mélange pas mes sentiments avec mon devoir professionnel.

— Mais, quand même…

On le croyait à peine. On voulait vraiment lui faire porter le chapeau. On essayait de le manipuler. Mais il connaissait aussi cet air de musique, il ne se laisserait pas prendre aux petits pièges malicieux qui lui étaient tendus. Heureusement, les deux cerbères n'avaient que vaguement évoqué l'identité de « *sa vic-*

time », un individu connu du cercle policier parisien. Aussi, Sébastien se garda-t-il bien de parler de sa liaison avec Mali et, de surcroît, de sa parenté avec Kamel Azzoug. Il ne voulait en aucune façon mêler sa belle reine de Saba à l'affaire, et puis simplement, sa vie privée ne les regardait pas.

Sébastien s'était tenu droit, n'avait pas plié. Il avait transpiré d'abondance, mais il n'avait même pas dégrafé le bouton de son col de chemise dissimulé sous la cravate. Impeccable dans sa tenue et rigide en paroles, tout au long des interrogatoires qui avaient duré presque la journée entière.

Il avait valeureusement surmonté cette première épreuve et avait foi en lui. Il se disait qu'il était de la race de ceux qui ont toujours un lendemain et savent voir l'avenir avec clarté.

— L'autopsie est pour demain. Nous vous reverrons sans doute à la suite des résultats de celle-ci. Vous êtes libre pour le moment, mais restez disponible au bout de votre téléphone portable.

En franchissant le porche d'entrée de l'hôtel de police, il resta un instant égaré, ivre d'un délicieux abandon. Redécouvrant l'immensité de la place déployée sous son regard, il se sentait presque intimidé comme un détenu juste libéré qui fait brusquement face au grand jour, après des années d'enfermement.

L'esprit délivré du poids que sa conscience faisait peser sur lui depuis le soir de son geste fatal, il bénit l'épreuve qu'il venait de vivre. Elle lui avait permis de s'exprimer, de délivrer sa parole et l'avait en quelque sorte purifié. Désormais, il avait soufflé sur la poussière de ses soucis et ils s'étaient dissipés comme par enchantement.

À cet instant, il pensa très fort à Mali. À ce même instant, adossée depuis un moment à une colonne de pierre devant le *Café de la Paix*, Mali le vit.

Elle était là depuis la fin de la matinée. Elle avait longuement vagabondé sur le vieux port pour se saouler de monde dans le cortège des vacanciers qui allaient et venaient. Les premiers camelots qui vivaient dans le sillage du festival Francofolies, posaient leurs étals multiformes et multicolores dans une ambiance de fête, bien que la fête fût terminée. Les « *Francos* » avaient produit la veille leur dernier spectacle, déjà on repliait les barnums de toiles blanches et on démontait les structures métalliques sur le parking Saint-Jean-d'Acre.

Dans toute cette vie en éveil, Mali ne trouva pas une miette de bonheur ni même de bien-être qui l'aurait guérie un moment de l'absence de Sébastien. Pas question de lécher les vitrines sous les arcades. Dans ce moment de vague à l'âme, rien n'excitait ses sens, tous dirigés vers l'objet de son amour, Sébastien.

Ses songes s'étaient recentrés sur lui et par intuition autant que par déduction, elle était venue rôder autour de l'hôtel de police, pensant l'entrevoir. Mais elle n'avait pas osé pousser la porte d'entrée pour demander seulement des nouvelles et avait trouvé refuge à une petite table ronde derrière les vitres floutées du *Café de la Paix*. De là, entre les dessins gravés sur la vitre, elle pouvait surveiller les entrées et les sorties.

Effectivement, depuis onze heures du matin, elle n'avait pas changé de place, croisant et décroisant les jambes. Quand vers treize heures, le garçon intrigué par sa présence prolongée vint lui demander ce qu'elle voulait consommer, elle répondit qu'elle n'avait pas faim, mais qu'elle boirait bien un cappuccino très crémeux. Puis elle en but un deuxième, et encore un troisième. Son estomac grouillait. Pourtant elle n'en ressentait aucune gêne et n'éprouvait pas le besoin de se sustenter. Son regard s'était vissé sur la grande porte du vieil hôtel du XVIIIe et ne s'en distrayait pas.

Distraitement, elle avait pourtant jeté un instant un coup d'œil à la banquette près d'elle. Y gisaient deux baguettes de lecture auxquelles était attachée la presse du jour. Machinalement, elle s'empara d'un journal et découvrit en titre à la une : « *Un policier rochelais tire sur un jeune homme qu'il arrête (voir page 6 intérieure)* ».

Mali retint sa respiration. Son cœur s'était mis à battre plus fort et ses doigts tremblotèrent subitement en épluchant les feuilles de papier. Enfin à la page six, elle lut d'une traite le petit bout d'article qui rapportait les faits de la veille. Rien n'était dit de ce que lui avait raconté Sébastien. Pour elle, c'était un tissu de mensonges. De plus, la tournure générale du texte laissait déjà entendre le manque de discernement du policier en cause.

Comme un objet qui brûle les doigts, Mali rejeta le journal à peine replié sur la banquette. Appuyant ses deux coudes sur le rebord de la table, elle enferma dans ses mains une partie de son visage devenu tout à coup très pâle. Que s'était-il réellement passé ? Sébastien lui aurait-il menti ? Ce n'était pas concevable. Impossible qu'il lui ait caché la vérité. Alors cet article ne serait qu'une suite d'inexactitudes ? Dans quel but ? Lui faire du mal ?

Que de méditations et que de rêves traversèrent sa tête pendant tout ce temps à observer le va-et-vient des inconnus qui franchissaient cette entrée aussi obscure que secrète ! Quels que fussent les questionnements qu'elles généraient, ses pensées aboutissaient toujours au bonheur attendu de la vie partagée avec Sébastien. Cet espoir éclairait chaque instant de sa longue attente et la faisait patienter sereinement jusqu'au moment où il apparaîtrait sur les marches d'escalier.

Certaines de ses réflexions passagères n'étaient cependant pas aussi sereines qu'elle voulait bien se l'avouer et des images venaient noircir ses rêveries. Non seulement la lecture de la presse l'avait particulièrement troublée, mais elle sentait planer autour d'elle des menaces indéfinies qui lui faisaient de temps en temps jeter des coups d'œil timides et furtifs. Personne ne l'observait, excepté le garçon de café qui n'avait pas détaché son regard d'elle. Sans doute, devait-elle mettre cette attitude sur le compte du béguin innocemment provoqué en lui.

Ses vagues alarmes concernant Sébastien lui revenaient en tête. Après cet article dans le journal *Sud Ouest*, serait-il en péril ? De surcroît, Mali savait combien la bande de loups sauvages conduite par ses frères pouvait être vindicative, haineuse et donc dangereuse. S'ils ne pouvaient s'en prendre physiquement à lui, peut-être se serviraient-ils des rumeurs qu'avait rapportées le journaliste, pour lui faire du mal. Elle avait aussi échappé à ces brutes, mais pour combien de temps ? Le coup mortel porté au policier, la mort brutale de Kamel, tout ce que lui avait raconté Sébastien à propos de la nuit fatale participait à la crainte confuse qu'elle ressentait.

Manquant d'air, elle était enfin sortie sur le trottoir et s'était adossée à une colonne des arcades. Quand elle vit Sébastien déboucher de la porte d'entrée et descendre les quelques marches qui débordent sur le trottoir, elle fut transportée d'un ravissement extrême, proche de l'exaltation immodérée dont son tempérament pouvait s'emplir.

Après avoir tant espéré, il était enfin là ; l'homme qui avait tué son jeune frère et auquel elle s'était entièrement donnée ; l'homme qui l'avait délivrée de l'esclavage d'une vie sans couleurs et qui lui avait fait goûter aux douceurs ; l'homme qui savait lui procurer tous les petits bonheurs possibles et dont l'âme grande comme la voûte du ciel pouvait contenir tout ce qu'elle était, ce qu'elle désirait, ce qu'elle aimait.

Comme électrisée, elle décolla vivement son dos de la colonne de pierre et agita haut un bras pour que Sébastien l'aperçût. Elle riait et pleurait à la fois. Enfin, elle allait le retrouver tout entier pour elle, dans l'amour et le plaisir partagés, au moins pour un soir et une nuit, en Schéhérazade moderne qui ne craignait pas d'être immolée au petit jour.

Au bas des marches d'escalier, elle se jeta dans ses bras.

Ces deux enfants de l'amour se retrouvèrent quelques instants après sur les rives du vieux port. Ils s'étaient peu à peu mêlés au flot de passants et descendaient la rue du Palais. Une fois passées les arcades du Palais de justice, la vie prenait de plus en plus de densité jusqu'au moment où après s'être engouffrée sous la porte de la Grosse Horloge, elle explosait sur les pavés disjoints de la place Barentin.

À vingt heures trente, il faisait encore jour, mais la lumière baissait sur le port où, par la tranchée que faisait la rue Vieljeux, sombraient à l'ouest les dernières rougeurs du soleil. Des vaguelettes ondulaient sur le miroir de l'eau et commençaient à s'animer des serpentins colorés dans lesquels se reflétait l'éclairage des tours Saint-Nicolas et de la Chaîne. Le vieux havre s'apprêtait à revivre une nouvelle nuit peuplée du mouvement des noctambules dans une ambiance sucrée salée, dans les fumées âcres des saucisses grillées et dans celles plus fluides, sorties de la bouche des cracheurs de feu. Seulement les Francofolies s'étaient tues. On n'entendait plus le son barbare des musiques poussé par le vent depuis l'esplanade Saint-Jean d'Acre ni les applaudissements ni les grands murmures de la foule serrée autour du podium.

Ce soir-là, l'ambiance électrique des grands jours du festival s'était évanouie. Comme elle s'était enflammée à la vitesse d'un feu de paille, elle s'était éteinte d'un coup. Pour remplir le vide laissé par cette absence, le Vieux-Port s'était rapidement trouvé d'autres turbulences dans lesquelles il se plaisait à vivre.

Sur les deux rives, la grande et la petite, on rencontrait l'échantillon de toute une nation en vacances. Le laisser-aller était de mise et à la mode. Maillots bariolés, petits hauts qui découvraient le nombril, shorts en jean aux bords effilochés, corsaires trop larges battant des mollets encore pâles, tongs et baskets non lacées se côtoyaient dans les vagues de passants. Un grand méli-mélo chamarré et hétéroclite ondoyait tout autour du port en un immense cercle, depuis le canal Maubec jusqu'aux pieds des tours. Des enfants au style vestimentaire un peu racaille, simples grandes gueules qui pouvaient cependant devenir méchants, traînaient par bandes de quatre ou cinq.

Noyés dans le flot incessant des noctambules, Mali et Sébastien évoluaient comme deux nageurs solitaires, remontant ou descendant le courant du quai Duperré et du cours des Dames. Dans la nuit tombée sur le vieux port, percée par les éclairs des loupiotes des camelots, ils flânaient encore main dans la main. Unis ainsi depuis le premier jour de leur flamme, ils ressemblaient à ces amants rassis qui ont dépassé leur passion et auxquels il ne reste que la tendresse.

Pourtant, il n'y avait pas si longtemps que leur amour était né. Une semaine à peine s'était écoulée depuis que Mali avait renversé si malencontreusement un verre de bière sur le pantalon de Sébastien à la terrasse du café de *La Marine*. Une toute petite semaine était passée dans un vrombissement d'orage, un tonnerre d'événements qui avaient transformé à jamais leur vie. Malgré l'apparence tranquille de ces deux promeneurs, bouillonnaient en eux des torrents de désir, de volupté, qui n'attendaient qu'un lit pour se déverser.

Liés l'un à l'autre, parfois épaule contre épaule, ils allèrent jusqu'au passage sous le pont de la tour de la Chaîne. Ils pénétrèrent dans le chantier de Francofolies, cet immense parking où les anges viennent chercher des instants de bonheur dans la tourmente des musiques fortes. Mais ils durent rebrousser chemin, arrêtés par les vigiles.

En retraversant le cours des Dames ils rencontrèrent une bande de garçons à l'allure canaille qui leur barra presque le chemin. Sébastien, n'ayant aucun goût à répondre à une provocation, s'écarta instinctivement de la trajectoire du groupe de jeunes au parler abrupt et bruyant. Cependant, au milieu de la foule compacte, il ne put éviter d'accrocher l'épaule de l'un d'eux qui se rebiffa aussitôt.

— Oh ! Tu me bouscules ! T'es aveugle ou quoi ?

Sébastien s'arrêta une fraction de seconde. Il sentit dans sa main une pression subite des doigts de Mali.

— Excusez-moi.

— Ouais ! Ouais ! Tu dis ça après, mais tu m'as bousculé ! répliqua l'offensé dont le ton de la voix commençait à monter.

Ceux qui l'accompagnaient s'étaient arrêtés et faisaient déjà cercle autour de lui.

— C'est bon, les gars. J'ai dit que je m'excusais.

— Tu dis ça, fit un autre, mais tu l'as fait exprès.

— Je vous dis que je m'excuse ! s'emporta Sébastien.

Ça devrait vous suffire, non ? Qu'est-ce que vous voulez de plus ?

Le flux des passants ralentissait autour d'eux. De multiples regards curieux se posaient sur le petit rassemblement où la confusion s'étendait, attendant que quelque chose survienne.

— Non, mais tu te prends pour qui ? fit un troisième galapiat en s'avançant d'un air menaçant.

Ils commencèrent à se pousser et à se bousculer. Mali ne cessait de tirer Sébastien pour l'éloigner, mais il se trouvait maintenant pris dans la nasse des jeunes loubards qui voulaient aller à l'affrontement.

Finalement, celui-ci n'eut pas lieu. Un savant dosage de violence et de sauvagerie suffisait à la bande de jeunes excités pour se tirer vainqueur de l'affaire et montrer leur force. Ils n'allèrent pas plus loin, mais l'un d'entre eux, le second qui était intervenu, pointa un index vengeur vers Sébastien, en lançant d'un air terrible :

— Toi, demain, t'es mort !

Sébastien pâlit. Mali, des larmes craintives dans les yeux, tirait toujours Sébastien. Il ne bougeait plus. Il était devenu statue de pierre. Mais à l'intérieur, son cœur battait à grands coups. Enfin, se réveillant de son hébétude éphémère, il détourna les yeux de la bande de garçons. Ils le fixaient pourtant toujours de leurs regards triomphants. Il rompit le duel et suivit Mali qui l'emportait loin de l'incident. Pendant ce temps, déçus de ne pas voir aboutir la querelle, les badauds reprirent leur errance nonchalante sur le cours des Dames.

18

Ce soir du 17 juillet, rue Saint-François, dans le loft de Sébastien, l'atmosphère avait changé. L'ambiance du premier jour, quand Mali avait découvert le lieu où il habitait, décorait l'espace.

Les lampes indirectes étant allumées, la lumière y avait un accent chatoyant, onctueux. Les douceurs de la nuit d'été y descendaient depuis la lucarne ouverte et l'air vibrait de la musique qui sortait du vieux juke-box. La voix des crooners français, Distel, Sablon, Salvador, Mitchell se succédaient sur le mange-disques et puis enfin, celle de Marc Lavoine qui revenait souvent avec *Le parking des anges.*

Lui il a sur sa peau
Tatoué le nom de l'autre
Elle lui dit qu'il est beau
Qu'elle en aimera pas d'autres

Ce soir, Mali aimait particulièrement cette chanson qui passait et repassait comme le refrain d'un psaume. Il y avait tant de similitudes entre les paroles et leur propre vie qu'elle ne cessait de s'en imprégner. C'était nécessaire pour elle de s'absorber dans cet air si suave et si amer à la fois, pour oublier l'épisode cruel vécu récemment sur le vieux port.

Ces instants angoissants étaient-ils totalement oubliés ? Peut-être dormaient-ils encore dans la mémoire des deux amants, car toute l'effervescence dont l'ambiance était empreinte ne se manifestait réellement que pour dissimuler un reste de désarroi et de craintes.

Elle c'est une trafiquante
D'amour c'est son métier
Mais ce soir c'est l'amante
D'un garçon recherché

Comme si elle découvrait pour la première fois l'univers de Sébastien, Mali déambulait d'un coin à l'autre du loft. Touchant du bout des doigts au passage, les cannes aux pommeaux d'argent plantées dans le bac à parapluie près de l'entrée, elle caressa du revers de la main le bombé brillant du juke-box, puis se lança sur le tabouret pivotant devant le bar. Elle tournoya un moment en croquant une pomme tirée de la corbeille à fruits. Après avoir goûté cette courte pause, elle alla se purifier une fois de plus sous la pluie de la douche d'où elle sortait chaque fois rosie de plaisir.

Pendant ce temps-là, Sébastien s'était mis à la cuisine. Il préparait consciencieusement une salade avec les restes oubliés dans le réfrigérateur, pratique dans laquelle il excellait en opérant de savants mélanges de saveurs. Les coups répétés du hachoir qui pulvérisaient ail, persil, échalote et gingembre frais sur la planche de bois, chantaient en contrepoint au bruissement de la douche. Tous ces sons sans paroles, mêlés aux chansons douces du juke-box, vibraient dans la tranquillité du loft.

L'éblouissement de cette soirée était tel que les petits bonheurs mis bout à bout retentirent au fond de ces deux âmes pures comme un séjour vécu au paradis. Tout s'oubliait et tout se confondait dans leur monde qu'ils voulaient rendre magique.

Ils se retrouvèrent à déguster un repas frugal autour d'un guéridon, éclairés seulement par une chandelle. Silencieusement, ils consommèrent la salade aux multiples saveurs répartie dans deux assiettes. Point n'était besoin de parler, il leur suffisait de se contempler mutuellement dans la pénombre, tandis que le juke-box diffusait la voix câline de Salvador avec « *Syracuse* ». Seuls leurs visages étaient faiblement illuminés, tels deux astres pâlissant dans le firmament. C'est dans la nuit que la moindre lueur semble un plein soleil.

Aussi, Sébastien admirait-il Mali à travers la lumière diffuse : les éclats d'aigue-marine de ses yeux, son front, ses joues de vieil ivoire et ses lèvres couleur de mûre écrasée qui portaient sur elles la beauté du sourire des anges.

En face de lui, Mali suspendait de temps en temps sa fourchette dans le vide. La reposant sur le bord de l'assiette, elle jetait longuement son regard limpide sur le visage de Sébastien où régnaient en harmonie la sérénité, la résolution et la tempérance. Ils se cherchaient ainsi du regard, sans se toucher, sans se tenir la main.

Enfin, probablement lasse ou troublée par la quiétude irréelle de ce jeu du silence et de l'amour, Mali osa rompre l'immobilité en revenant aux réalités présentes.

— Seb, mon amour, j'ai mûrement réfléchi ma décision.

Elle prit le temps d'une profonde inspiration.

— Je veux vivre avec toi, lâcha-t-elle prosaïquement et sans circonlocutions inutiles. Je ne veux pas te quitter, je ne veux plus revenir aux Ulis, je veux partager ta vie, pour toujours.

Sébastien l'observait, sans rien dire, le temps peut-être d'approfondir le sens de sa déclaration. Plissant ses lèvres dans un sourire, il répondit :

— Tu crois que comme ça, dit-il en claquant des doigts, tout va se mettre en place, s'arranger ?

Ce n'était pas un reproche. Sur un air taquin, il lui signifiait de cette manière qu'il l'aimait ; fine provocation de sa part pour voir jusqu'où allaient les espoirs de sa belle Targuie.

— Et toi, tu ne crois pas qu'une femme comme moi puisse…

Elle ne put finir sa phrase. Déjà Sébastien s'emparait de son bras, la faisait se lever et l'attirait contre lui, dans un slow où tous les délices de l'existence coulaient d'une musique brûlante de douceurs.

J'aimerais tant voir Syracuse,

L'île de Pâques et Kairouan...

Le disque s'était replacé automatiquement sur le plateau du juke-box. La chanson douce reprenait son rythme apaisant et Sébastien emmenait son otage sur un bateau ivre. Il avait enfoui son visage dans la chevelure léonine dont il respirait les effluves épicés. Le corps de Mali répondait aux mouvements du sien, suivait le tangage du navire sur lequel elle avait été emportée.

— Je t'aime, murmura-t-elle à l'oreille de Sébastien.

Sans sortir son visage de la soie brune de ses cheveux, il murmura à son tour :

— Répète-le si tu oses.

— Je t'aime, je t'aime, je t'aime, je t'aime...

Elle aurait bien réitéré à satiété cette naïve déclaration qu'il suffisait d'entendre plusieurs fois pour être persuadé que leur amour était profondément vrai. D'autres mots étaient-ils nécessaires ?

Pourtant, son besoin d'exprimer son sentiment amoureux ne s'apaisait pas avec ses « *Je t'aime* ». Mali était prise par l'envie d'ouvrir tout grand le coffre de ses plus secrètes pensées.

— Je ne sais plus, je ne sais pas pourquoi je t'aime. Je t'ai rencontré et puis... voilà.

Elle chercha un instant à mettre en ordre ses idées.

— Je faisais partie de ces gens, qui se promènent sur les bords de Seine et qui voient les bateaux partir au loin, on ne sait où. Et toi, tu restes là, planté comme un piquet. Tu ne t'en vas jamais nulle part.

Sébastien écoutait, sans mot dire. Il écarta son visage de la touffe luxuriante de ses cheveux. Il rivait son regard dans le sien et lui souriait.

— J'ai porté ma vie comme un vêtement qui n'était pas fait pour moi. Ça ne m'allait pas. J'étais serrée dedans, j'étouffais.

Elle reparlait maintenant de sa vie antérieure avec plus d'aisance. Elle avait oublié les « *voilà* » interruptifs sur lesquels elle butait. Les airs émollients du juke-box semblaient avoir vaincu toute retenue. Mali lâchait le robinet de sa passion qui déversait un torrent de paroles au sein desquelles s'écoulaient ses vérités et ses interrogations. Pourquoi l'aimait-elle vraiment ? Même si elle avait déjà répondu à ces intimes questions, elle y revenait pour se redire ce qui dormait au plus profond d'elle-même. Un appétit de vérité et une exigence de sûreté s'ajoutaient aux élans émotionnels qui la poussaient dans les bras de Sébastien.

— Mais, pourquoi je t'aime ?

Elle lui disait qu'on s'attache aux personnes pour les sacrifices qu'on leur fait, pour y trouver soi-même un intérêt en retour. Était-ce ce trait-là de l'âme humaine qui la rapprochait de Sébastien ? Elle portait ce raisonnement d'un cœur simple, sans tache, sans le sentiment du péché.

Il s'écartait de temps en temps, la contemplait, ne sachant que lui sourire. Et Mali poursuivait ses questions qu'elle tournait sous forme de réponses. Elle lui susurrait :

— Je t'aime, parce que tu as su m'accueillir telle que j'étais. Je t'aime, car tu es beau, parce que tu me plais, à cause de tes prévenances, pour ton sourire bienveillant, en raison de ton corps qui se serre contre le mien, parce que…

Suivait une litanie de mots et de qualificatifs tous plus enflammés. Elle mêlait tout et détaillait toutes les raisons qui expliquaient son attachement, tant l'amour éprouvé pour Sébastien s'était empli de transports inexprimables.

Finalement, la flamme éveillée fut si vive qu'elle devint brûlure. Enchaînés ensemble sur le petit espace de danse improvisé entre le guéridon et le juke-box, les amants promenèrent leur joie sur la rive des désirs, prêts à s'entre-dévorer, se repaître l'un de l'autre jusqu'à réplétion.

Une passion sans nom s'empara d'eux toute la nuit. Des jouissances répétées qui ne mettent pas fin aux désirs les secouèrent encore et encore. Un océan de plaisirs brutaux, féroces, les engloutit.

Au matin, leurs corps dévastés gisaient comme ceux de deux naufragés rejetés sur une plage, après la tempête.

19

Le réveil n'avait rien de commun avec celui des autres matins. Les êtres étendus sur le lit défait étaient deux natures transformées. Métamorphosées par l'amour et dans l'amour, elles ne semblaient plus se reconnaître.

Cependant, si ce matin se voulait différent, il était ordinaire, comme ceux qui l'avaient précédé. Un de ces matins, lorsqu'au réveil reviennent en mémoire les petits soucis qui vont éclabousser les heures de la journée de leurs taches sombres.

Quand Sébastien s'éveilla le premier, il reprit conscience de son état et de ses devoirs. Il se rendrait peut-être au service, reprendrait contact avec l'inspection générale pour connaître le devenir de la procédure engagée contre lui. Allait-on le garder encore sous la main toute une journée ? Il l'ignorait, mais il pressentait bien qu'on le convoquerait dans la journée. Il se tiendrait donc disponible, comme on le lui avait imposé. Alors, il avait rapidement décidé de prendre les devants. Il irait spontanément se présenter à l'hôtel de police. Telle une bulle de savon, ce premier souci éclata lorsqu'il sentit l'odeur du café frais qu'il venait de filtrer.

Naturellement, avant d'avoir tâté l'oreiller pour savoir si Sébastien était encore étendu près d'elle, Mali ouvrit les yeux à son tour. Se retournant dans le lit, elle vit l'ombre de son amant aller et venir et décida finalement de poser le premier pied par terre. En cet instant où les sens sont encore à demi endormis, elle se sentait comblée d'une plénitude indéfinie. Pour profiter de cet instant suprêmement doux, elle prit le temps de bâiller et de s'étirer comme une chatte le fait quand elle s'anime.

— As-tu bien dormi, ma princesse ?

Il la regarda intensément.

— Comme tu es belle ce matin !

Elle ne répondit pas immédiatement. Ne répliquant aux compliments de Sébastien que par un immense sourire qui distendit exagérément ses lèvres, elle se leva tout en passant le peigne de ses doigts dans sa chevelure de soie noire. Elle lui lança enfin :

— Que tu es beau, mon sultan ! Je t'aime.

Elle ne savait dire que « *aimer* », seul verbe du vocabulaire qu'elle était capable d'employer. Aucune autre idée ne traversait son esprit. Aimer, aimer, aimer. Elle l'aurait bien conjugué, comme la veille à tous les temps de l'indicatif.

Aucun son ne sortait du juke-box. Les voix douces des *crooners* s'étaient bel et bien éteintes. Le silence était seulement entrecoupé des petits bruits des gestes de Sébastien. Tout lui rappela que le matin s'ouvrait sur l'inconnu d'une journée. Comme aveuglée par la vive lumière d'une fenêtre ouverte, Mali reçut les réalités en pleine face. Une idée lui traversa la tête. Sébastien !

Elle le vit habillé, occupé à avaler une tasse de café.

— Tu t'en vas ?

— Je dois aller au service. Tu sais que…

Inutile de poursuivre sa phrase. Mali avait aussitôt saisi la suite. Une subite frayeur la glaça, à l'instar d'une pluie froide.

— Je vais avec toi. Attends-moi, je passe mon pantalon.

— Non, reste ici, tranquille. Je n'en aurais pas pour longtemps.

— Je ne te crois pas. Je viens avec toi cette fois-ci, insista-t-elle.

— Tu ne pourras pas entrer au commissariat.

— Comment ça ? Je ne pourrais pas accompagner l'homme que j'aime ?

— Je ne dis pas le contraire, mais je vais être encore entendu par les collègues de Paris.

— Je resterai dans la salle d'attente.

— Pas question ! Il ne faut pas qu'on découvre un lien entre toi et moi. C'est trop risqué et les bœufs-carottes sont futés.

— Alors ?

Sébastien se gratta la joue et réfléchit.

— Alors… Tu m'attendras au *Café de la Paix*, comme hier. C'est plus discret.

Mali acquiesça. L'idée était judicieuse et Sébastien acceptait qu'elle l'accompagnât. Elle enfila avec précipitation son chemisier, son pantalon léger en toile fine et ne prit pas la peine de boire un café. Elle aurait tout le temps d'en consommer plusieurs au *Café de la Paix*. En sortant, elle accrocha à son épaule le sac en cuir marron qui pendait à la patère. Elle sourit. Il lui rappelait ce geste malencontreux et providentiel qui lui fit connaître Sébastien à la terrasse du café de *La Marine*.

Comme d'habitude, ils avaient descendu l'escalier dont les marches en bois craquaient continuellement sous les pas, pour déboucher sur le trottoir de la rue Saint-François.

À neuf heures, l'atmosphère matinale était déjà passablement chauffée par un soleil au rayonnement ardent. Un début de période caniculaire était suspendu sur la ville depuis deux jours. La touffeur leur sauta au visage quand Sébastien repoussa la lourde porte d'entrée du numéro 13. Un jeune noir en bermuda bleu ciel, les mains dans les poches d'un blouson blanc de sport, musardait sur le trottoir. Ils n'y prêtèrent pas attention. Quand il les aperçut, l'individu traversa la rue et s'éloigna nonchalamment en foulant le trottoir d'en face de ses baskets blanches.

Main dans la main, Sébastien et Mali sortirent des arcades de la rue du Minage. Ils étaient arrivés. Le temps d'échanger un baiser, ils se séparèrent. Il engouffra sa haute silhouette dans l'entrée de l'hôtel de police. Elle entra au *Café de la Paix*.

Du premier coup d'œil, elle avait repéré la place qu'elle occupait la veille, derrière une vitre aux arabesques dépolies. Une chance, elle était libre.

À nouveau, le temps s'écoula lentement. À nouveau,

le garçon de café qui l'avait observée le matin précédent vint la solliciter. Elle remarqua un détail qu'elle n'avait pas vu la veille : il portait une calvitie naissante, une sorte de mont rose au sommet du crâne, encerclé de frisons de cheveux noirs.

— Et pour madame, ça sera ?

Elle lui sourit. Elle était plus détendue aujourd'hui et disposée à être aimable.

— Un cappuccino, s'il vous plaît.

Il lui sourit en retour.

— Parfait. Tout de suite, madame, lâcha-t-il en pivotant pour repartir vers l'immense bar quasiment de la longueur de l'établissement.

Un cappuccino, puis deux, puis trois. Il faisait chaud. On avait ouvert la porte d'entrée vitrée et malgré le léger courant d'air qui en découlait, la moiteur ne déclinait pas. Mali s'était calée dans le siège au dossier de moleskine noire. Son pantalon collait à la peau. Son front miroitait d'une fine buée qu'elle tentait d'évaporer en agitant, de temps en temps, la carte des consommations posée sur la table.

Une heure, puis une autre demi-heure passèrent ainsi. Mali avait les yeux braqués sur l'entrée de l'hôtel de police. Sébastien n'apparaissait pas. Attente, encore. De sa bouche sortait une complainte de soupirs. « *Cœur qui soupire, n'a pas ce qu'il désire* ». Nouveau coup d'éventail. Autre soupir, très long. Toujours rien. La chaleur ambiante l'endormait. Avait-elle un court instant perdu connaissance ?

— Vous êtes madame Azzoug ?

Le garçon était devant elle et arborait un large sourire. Levant vers lui le globe de ses yeux brillants de fièvre, Mali l'aperçut dans un vague halo. Rêvait-elle ?

Non, elle ne rêvait pas. Le garçon insista.

— Vous êtes madame Azzoug ? On demande Malika Azzoug au téléphone.

Éberluée, elle écarquilla les yeux. Comment ce garçon savait-il que ça s'adressait à elle ? Elle reprit ses esprits et comprit : la couleur de sa peau et son allure de femme maghrébine. Pourquoi la demandait-on au téléphone ? Mais, qui savait qu'elle était au *Café de la Paix* ? Quelqu'un. Et bizarrement, ce quelqu'un connaissait parfaitement son nom.

— Oui, c'est moi, répondit-elle après deux ou trois courtes secondes d'hésitation.

— Prenez la cabine numéro un, au fond du café, sur votre gauche.

Mali quitta sa place après avoir fourré son sac à bretelles sous un bras et à petits pas rapides, parvint au fond de l'établissement. Cabine numéro un. Elle happa d'une main le combiné qui était décroché.

— Allô ! Qui me demande ?

— Malika Azzoug ?

— Qui êtes-vous ?

— C'est bien toi la pétasse qui va avec les Croisés ?

Le cœur tambourinant sa poitrine, elle manqua subitement de souffle pour répondre. La peur soudaine cognait à ses tempes. Sa transpiration s'accéléra. Elle déglutit, puis reprit un peu d'assurance.

— Qu'est-ce que ça peut vous faire ?

À l'autre bout du téléphone, un ricanement grinçant et diabolique s'éternisait.

— Si c'est une blague, elle n'est pas drôle !

— C'est pas une blague, pétasse ! Et tu vas passer un mauvais quart d'heure. Pour te punir.

— Fichez-moi la paix. Je fais ce que je veux, et puis…

— Et ton mec va sentir passer sa douleur !

Son cœur s'accéléra encore. Ses idées restaient suspendues dans le vide. Son émotion n'avait pas perdu de son intensité. Elle ne savait plus ce qu'elle devait répliquer à tant d'audace et de menaces. Son haleine s'était emballée. Son cœur battait de plus en plus fort, prêt à rompre, et les mots restaient bloqués au fond de sa gorge rendue sèche à force d'aspirer des bouchées d'air qui lui manquait.

Terrorisée, tétanisée, car elle savait pertinemment ce dont ces gens étaient capables, elle abandonna le combiné qu'elle n'eut pas la force de raccrocher, sortit de la cabine à pas comptés et se dirigea comme elle put à une extrémité du bar. Elle s'y cramponna.

La serveuse qui tirait une bière pression laissa un instant sa tâche quand elle vit cette jeune femme bouleversée.

— Ça ne va pas ?

Mali balbutia quelque chose qui se rapprochait plus du gargouillis que d'une phrase intelligible. L'ivoire de son teint avait pris un aspect délavé, proche de l'olivâtre sale, terreux. Ses lèvres de la couleur d'une mûre écrasée, soulignaient le bas de son visage.

— Donnez-moi un verre d'eau, s'il vous plaît, parvint-elle à réclamer.

La serveuse alla au robinet et revint vers elle au

bout du bar :

— Je crois que quelqu'un vous cherche. Il vous a demandé il y a deux ou trois minutes, puis il est reparti.

Devant l'air interrogatif de Mali qui buvait à petites gorgées le contenu de son verre, la serveuse poursuivit :

— Un monsieur, plutôt grand. Je crois qu'il est de la maison d'en face, indiqua-t-elle d'un mouvement du pouce.

Mali reposa son verre sur le zinc, remercia la serveuse du bout des lèvres et partit en direction de la sortie en s'agrippant encore au bar. Une boule brûlante explosait dans son estomac. Elle avait dû boire trop de cappuccino pour se sentir si mal.

20

C'est à croire que le hasard est un agent des dieux, envoyé sur terre pour se jouer de la condition humaine.

Qu'est-ce que le hasard, sinon un être changeant, protéiforme ? C'est une vague trop forte qui drosse le bateau contre les rochers. C'est un vent qui ralentit la marche d'un passant pressé. Ce peut être aussi un désir puissant qui s'empare tout à coup d'une âme simple. Le hasard se travestit, dissimule son visage sous des milliers de masques.

Le hasard est un arbre couvert de « *si* » en fleurs au printemps et dont les fruits produits à l'automne tournent à l'aigre ou à l'amer. Le hasard favorise ou contrarie les choses de la vie, c'est selon sa volonté et l'homme ne fait que s'y plier.

Si le hasard n'avait pas mis Pâris en présence d'Hélène, la guerre de Troie n'aurait probablement pas eu lieu. Pareillement, si l'épidémie de peste n'avait pas empêché la lettre de Frère Laurent de parvenir à Roméo, les amants de Vérone auraient peut-être vécu heureux. Refait-on l'histoire sans l'intervention du hasard ?

Et le hasard voulut que Sébastien sortît de l'hôtel de police pendant que Mali était appelée au téléphone. Si Sébastien était venu plus tôt, il aurait retrouvé Mali à une table du *Café de la Paix*, un peu endormie sous l'effet de la tiédeur de l'air. Il lui aurait délicatement caressé la joue pour la tirer de sa torpeur, se serait assis à ses côtés, lui aurait offert un rafraîchissement, puis ils auraient flâné en ville, dégusté une assiette de fruits de mer ou tout bonnement ils seraient rentrés au loft de la rue Saint-François pour y nicher leur amour.

Or, quand il parut sur le seuil du café, ses yeux cherchèrent partout autour de lui, mais en vain. Mali n'y était pas. À tout hasard, il demanda à la serveuse du bar si elle avait vu une jeune femme de type maghrébin. Comme par hasard, le garçon de café à la calvitie naissante avait quitté la salle et ne put répondre à sa place.

— Non, je n'ai vu personne de ce genre-là. Mais, je viens d'arriver. Il se peut que…

— Merci. Elle est sans doute repartie.

— Sans doute.

Peut-être n'avait-elle pas eu la patience de l'attendre, se dit Sébastien. Serait-elle alors retournée rue Saint-François ? Elle possède une clé. Elle peut y entrer.

Il s'en persuada. Il reprit alors le chemin inverse emprunté le matin même, pensant qu'il pourrait rencontrer Mali et la rattraper en route.

21

Mali était sortie du *Café de la Paix* en titubant. D'un pas hésitant, elle s'engagea dans la rue Albert 1er et vint s'adosser un instant à l'angle du mur de l'hôtel de police. Ses regards fouillaient le paysage urbain tout autour d'elle pour y déceler la moindre présence suspecte. Elle tremblait encore. C'était certain, elle était surveillée, peut-être poursuivie. Elle était en danger et Sébastien aussi.

Allait-elle oser franchir la porte d'entrée ? Elle n'avait pas l'habitude de se rendre dans un commissariat de police. Aux Ulis, ce temple de la force publique était tabou et faisait l'objet d'une crainte quasi sacrée. On y pénétrait avec inquiétude ou soumission. Mali hésita.

Finalement, elle grimpa les quelques marches de pierre qui descendaient jusqu'au trottoir, passa dans le sas de l'entrée, attendit que la porte vitrée coulissât pour lui livrer passage et se retrouva au centre d'un hall comblé de monde qui attendait ici debout, là assis sur une chaise.

Elle s'approcha d'une sorte de comptoir dressé sur sa droite. L'homme en uniforme qui trônait derrière la banque marmonna sous son abondante moustache :

— C'est pour quoi ?

— Je… je viens voir si… Sébastien… euh… balbutia-t-elle.

— Sébastien ?

L'agent la fixa d'un air renfrogné. Allait-elle perdre ses moyens devant ce regard qui la pénétrait ? Soudain, un trait de lumière frappa sa mémoire.

— Sébastien… l'officier de police.

Le front du gardien de la paix se dérida.

— Ah ! Sébastien…

Il n'ajouta rien au prénom. Il avait pour consigne d'être discret envers le personnel.

— Que lui voulez-vous ?

— Je suis une amie. Il m'a fixé rendez-vous ici, mentit-elle.

Sans répondre, le factionnaire quitta sa place, s'engagea dans un bureau contigu, s'adressa à un autre fonctionnaire assis derrière un bureau, puis revint à peine une minute après.

— Il n'est plus là. Il a quitté le service.

Interloquée, Mali demeura bouche bée. Elle resta un instant piquée sur place à ne savoir que faire. D'un air bonhomme, le gardien ajouta :

— Désolé.

Mali avait baissé la tête. Elle avait porté son regard vers le sol comme pour compter le nombre de carreaux dont il était pavé, puis relevant des yeux emplis de déception, elle avait tourné les talons pour disparaître derrière la porte vitrée, sans avoir prononcé un mot ou un remerciement.

22

D'un pas assuré, Sébastien avait repris le chemin de la rue Saint-François en tournant au coin de la rue du Minage qu'il remonta sur toute sa longueur. Passé la place Cacaud puis la place des Cordeliers, il se présenta devant la porte du numéro 13 qu'il franchit allègrement. Il ne prit pas la peine de refermer le lourd vantail et se lança dans l'escalier dont il grimpa les marches, quatre à quatre. Comme à l'accoutumée, les dernières grincèrent sous son poids.

Il était arrivé sur le palier du loft. Il frappa discrètement de l'index replié au panneau de la porte. Pas de réponse. Alors, il engagea la clé plate dans le barillet et la tourna pour déverrouiller la serrure. Porte ouverte, il passa la tête dans l'entrebâillement.

— Mali ? Es-tu là ?

Le silence répondit à sa question. Mali n'y était pas. Elle n'était pas plus là qu'au *Café de la Paix*. Une ride d'inquiétude creusa son front. Était-elle restée au centre-ville ? Partie à sa recherche ?

Il l'attendrait ici, sachant qu'elle y reviendrait tôt ou tard. Il fit chauffer de l'eau dans la bouilloire, ouvrit une boîte de ravioli en conserve qu'il mit au feu dans une casserole, sortit la planche à découper, prit quelques légumes crus dans le réfrigérateur et commença ainsi à préparer le repas. Sans vraiment être un maître queux, Sébastien Périssat était un homme qui savait mener une existence confortable de célibataire. Des années de vie solitaire lui avaient vite appris les gestes élémentaires à l'entretien courant d'un appartement et à une pratique essentielle de survie : la cuisine.

Il venait juste de hacher l'ail et le persil quand d'une oreille fine, il entendit, craquer les planches du palier. Mali revenait. Il s'essuyait les mains à un torchon de cuisine lorsque des coups furent frappés à la porte.

Deux fois, assez fermement.

Ce ne devait pas être Mali, car elle avait une clé et n'aurait pas frappé. Sébastien vint à la porte et demanda :

— Qui est-ce ?

Une voix masculine marmonna une phrase incompréhensible. Sébastien répéta sa question.

— Le facteur, monsieur. Une lettre recommandée pour vous, répondit enfin la voix de l'autre côté de la porte.

Pour vérifier les dires de l'inconnu, il approcha un œil au judas et vit le visage d'un préposé de la poste dans le halo de l'œilleton. Un noir, habillé d'un T-shirt blanc, la tête coiffée d'une casquette grise au front de laquelle était cousu l'écusson de La Poste. L'homme le regardait fixement.

— Un instant, je vous ouvre.

Il donna un tour de clé à la serrure, sans savoir qu'il livrait le passage au messager du malheur. La porte à peine ouverte, l'homme se précipita sur Sébastien qui ne s'attendait pas à une telle attaque. Le faux facteur fut sur lui en un éclair. Aussitôt Sébastien sentit une vive douleur à l'aine, comme si on lui plantait un objet effilé dans le haut de la cuisse, tandis que l'inconnu lui déclarait :

— Tiens, prends ça, chien, de la part de Djebril.

Le geste funeste accompli, l'homme de main de Djebril s'enfuit par l'escalier, aussi rapidement qu'il était venu.

D'instinct, Sébastien referma la porte sur lui et se retira à l'intérieur du loft de quelques pas. Avec horreur, il vit le manche d'un couteau planté en haut de sa cuisse gauche. De la déchirure faite par l'arme blanche dans son jean, commençait à sourdre un liquide rouge vif.

D'instinct encore, il retira le couteau de sa cuisse, mais de la blessure surgit un bouillonnement de sang qui se mit à gicler par saccades. La dague très effilée tomba de ses doigts. Enserrant le haut de sa jambe de ses deux mains, il tenta d'arrêter le saignement abondant.

Rien n'y fit. Il comprit aussitôt. L'artère fémorale était ouverte. Il fallait comprimer l'aine le plus fortement possible pour arrêter l'hémorragie. Il se hissa de sa jambe valide jusqu'au lit pour s'y étendre. Une longue traînée de sang maculait déjà le sol.

Il s'allongea et, tourné sur le côté gauche, fourra son poing droit dans l'aine pour maintenir une forte pression. Le sang continuait à couler abondamment. Le visage de Sébastien prit lentement une teinte jaunâtre et pâlissait à vue d'œil. Il ne ressentait pas de douleur, car ses sens étaient occupés à retenir le sang qui s'évacuait. La tache rouge s'étendait peu à peu sur le plumetis et rien ne semblait pouvoir l'arrêter. Il tenta encore de serrer plus fort ses jambes, l'une contre l'autre, pour accentuer la pression imprimée à la blessure. Il perdait un temps précieux. Le sang ne cessait de gicler et Sébastien sentait qu'il s'affaiblissait très vite.

Au bout d'un moment, peut-être cinq minutes, il voulut avertir les secours. Il se dit qu'il aurait dû le faire depuis longtemps, dès qu'il avait reçu le coup de couteau. Maintenant, il devait se lever pour aller chercher son téléphone portable resté près du plan de travail de la kitchenette, où la casserole de ravioli commençait à surchauffer. À l'autre bout du loft, le téléphone fixe était trop loin. Au prix d'un l'effort colossal, il essaya de se relever. Impossible. Il perdait peu à peu ses forces et il se mit soudain à penser que sa vie lui échappait, l'abandonnait.

Donnant enfin un violent coup de reins, il parvint presque à s'asseoir. Mais, épuisé, il retomba sur le plumetis éclaboussé d'une immense souillure vermeille et gluante qui semblait se coller à lui pour le sceller au lit, sans qu'il pût s'en extraire. Il était trop tard. Il serrait les dents pour se convaincre :

— Il faut que je m'en sorte ! Il faut ! Il faut !

Déjà dans un demi-brouillard, l'esprit de Sébastien se mit à tourner. Il revécut son existence à rebours, les derniers jours d'abord puis les autres plus anciens. La beauté de Mali. Les moments les plus fougueux de sa courte vie avec elle. Des larmes incontrôlables vinrent brouiller un peu plus sa vue qui s'affaiblissait. Par éclairs successifs, des pages entières de sa vie passèrent devant ses yeux dont les paupières s'abaissaient. Peu à peu, sa main droite devenue impuissante relâcha la pression sur l'aine. Elle ruisselait de sang.

Bientôt, le brouillard devint plus sombre et il lui sembla qu'il s'enfonçait dans la célèbre purée de pois londonienne. Une image de Londres s'accrocha à sa mémoire. Pourquoi ? Il ne connaissait pas cette ville, mais il y entrait. Non, il ne savait plus quel était le chemin. Il y en avait maintenant un autre qui s'ouvrait devant lui, qui venait même à lui. Il n'eut pas la force de s'en écarter, y entra et se sentit tout à coup bien mieux. Dans une demi-conscience, il se souvint de la prédiction révélée naguère par la bohémienne : « *Vous mourrez jeune et d'un coup, sans souffrance.* » Il ne souffrait plus.

23

Partant de la place de Verdun, il faut emprunter la rue Chaudrier puis la rue du Palais pour rejoindre le vieux port. Sur une grande partie de l'itinéraire, les rues sont frangées d'une enfilade d'arcades, utiles pour se protéger du mauvais temps ou même se faufiler à l'abri des regards.

En sortant de l'hôtel de police, Mali se réfugia sous les premières arcades nommées aussi porches ici. Elle ne savait où chercher pour retrouver Sébastien. Si elle avait eu un téléphone mobile, elle aurait pu le contacter. Si…

Toutefois, une idée lui murmurait intuitivement qu'il avait pu se rendre sur le port, lieu de prédilection de leurs amours. Peut-être errait-il là-bas à la chercher ? Jamais ne lui vint à l'esprit qu'il aurait pu rentrer directement à l'appartement de la rue Saint-François. Cette réflexion, détournée sur le moment par une des facéties qu'aime jouer le hasard, viendrait plus tard à sa pensée.

Pour l'instant, Mali descendait à grands pas la rue du Palais, jetant de temps à autre un coup d'œil derrière elle, à droite, à gauche, de peur d'être suivie. Parmi les passants, des jeunes gens à l'allure bizarre, posaient curieusement leurs regards sur elle en la croisant. Ce n'était cependant qu'une illusion, car ces grands gamins, en bande de deux ou trois, filaient leur chemin en faisant résonner fort leurs plaisanteries salaces sous les voûtes des arcades.

Au niveau du Palais de Justice, elle aperçut une patrouille de deux policiers. Ils remontaient la voie à pied sur l'autre trottoir. Même si l'idée lui sembla saugrenue, elle traversa la rue, poussée par une force machinale.

— Pardon, messieurs, je cherche votre collègue Sébastien.

Elle ne connaissait même pas son nom patronymique. Il ne lui avait jamais dit. Elle ne lui avait pas même demandé.

Un regard lourdement interrogatif pesa sur elle. Le plus gradé des deux ouvrit la bouche pour dire :

— Qu'est-ce que vous me demandez là, mademoiselle ? Sébastien…

— Sébastien, votre officier, répliqua sans hésiter Mali, rouge de confusion.

— Tu connais, toi, un Sébastien parmi les officiers ? grogna-t-il à son collègue.

— Je crois bien que c'est le lieutenant Périssat, répondit l'autre. Il y en a qui l'appellent Seb. Tu sais, l'histoire du petit malfrat qui a ramassé du plomb l'autre jour…

Le gradé s'assombrit et fronça le sourcil.

— Pourquoi le cherchez-vous ?

Mali sentit inconsciemment qu'elle allait tomber dans un piège, attrapée à son propre jeu et qu'elle allait être emportée dans un tourbillon sans fin d'où elle ne pourrait pas s'extraire. Il fallait réagir. D'un seul coup, elle brisa la conversation. Sans plus tarder, elle retraversa la rue pour se fondre dans le flot des passants, laissant les deux hommes en uniforme plantés sur le pavé du Palais de Justice. Ceux-ci ne cherchèrent même pas à la rattraper.

Elle s'était laissé porter naturellement sur le vieux port grouillant de monde. Retrouver Sébastien en ces circonstances était une gageure, celle de chercher une aiguille dans une meule de foin. Pourtant, elle connaissait des points de repère : le cours des Dames ou plutôt le quai Duperré, bordé d'une théorie de bars et de cafés aux terrasses abritées de toiles bariolées.

Du premier coup d'œil, en arrivant sur le quai, elle vit les deux tours qui ceignent le port, majestueuses, blanchies sous l'effet de la puissante lumière de midi. Mali cligna des yeux. Elle marqua sa bouche d'un sourire, malgré le souci qui la rongeait, en remarquant les reflets de ces mastodontes de pierre sur le miroir de l'eau.

Elle détourna la tête. Creusant son chemin dans le flux continuel des promeneurs, elle alla droit au café de *La Marine*, en fouilla du regard la terrasse et mit un pied à l'intérieur de la salle. Pas de Sébastien. Quelques mètres plus loin, elle inspecta de la même manière le bar irlandais. Rien. Sébastien n'y était pas.

En désespoir de cause, elle revint sur ses pas, se faufila dans le passage Duperré qui débouche dans la rue du Temple et erra un moment tout autour de la cour de la Commanderie, vers le *Palais de la bière* et le *May Flower*. Rien dans les lieux habituels de leurs rencontres. Pourtant, elle en était sûre, Sébastien devait la chercher aussi. Comment se faisait-il qu'ils ne se rencontrassent pas, là, au hasard, sur ce trottoir, dans l'une de ces rues tortueuses de la vieille ville ?

Elle avait tourné encore et encore sur le vieux port, arpentant les rives et les quais, en vain. Vers treize heures, elle s'assit sur un banc du cours des Dames, à l'ombre des jeunes platanes. Se reposant un instant, elle rassembla mentalement ses idées. Où était-il donc ?

Et puis, soudain, une illumination. Pourquoi n'y avait-elle pas pensé plus tôt ? Le loft. Il était au loft. Certainement.

Mali bondit du banc et, aussi vite qu'elle le put, elle franchit le quai Duperré. Par les raccourcis qu'elle connaissait maintenant, elle fut promptement aux abords de la rue Saint-François. La grande porte d'entrée était restée ouverte. Une fois de plus, se dit-elle. En quelques enjambées, elle parvint au palier du loft. D'un coup sec, elle pesa de sa main sur la poignée de la porte qui céda, et passa dans l'entrebâillement.

— Seb ?

Mais aussitôt entrée et la porte refermée sur elle, Mali s'aperçut qu'un épais brouillard âcre avait envahi l'appartement. Sa gorge fut agressée par une fumée noire qui se dégageait de la plaque de cuisson dans la kitchenette. Elle eut le premier réflexe d'enlever la casserole de raviolis carbonisés en cherchant encore Sébastien dans ce brouillard. L'affolement la gagnait.

— Seb ! Seb !

Aucune réponse. Son regard fut alors attiré par un objet au sol. Sur la moquette gisait un yatagan effilé entouré de taches de sang. Elle n'y toucha pas, mais à l'aveugle dans la brume de fumée, elle se précipita vers les fenêtres pour les ouvrir en grand. C'est à ce moment-là qu'elle découvrit en se retournant le spectacle macabre qui l'attendait.

Frappée par la foudre, Mali écarquilla démesurément les yeux, sentit immédiatement ses cheveux se dresser sur sa tête, comme si on les tirait fortement par poignées. Sa bouche soudain arrondie d'horreur ne laissait passer qu'un filet d'air frais, insuffisant pour l'empêcher d'étouffer.

Elle ne faisait aucun mouvement. Elle n'osait pas bouger, figée par une sidération interminable. L'haleine courte, sa mine blêmit autant qu'était blanc le visage de Sébastien. Enfin, elle fit un geste. S'approchant tout près du cadavre de son amant, elle tenta de le secouer, tandis que d'un coup un flot de larmes brouilla sa vue.

— Seb ! Sébastien ! Réveille-toi ! Non, je ne le crois pas. Tu me joues la comédie. Lève-toi ! Je t'en supplie, arrête ce jeu stupide !

Elle disait cela sans vraiment croire en ses propres paroles. Elle aurait voulu que ce fût faux, un pastiche d'une scène de crime. Mais rapidement, elle vit bien que la réalité était là, étendue sous ses yeux : le poing de la main droite de Sébastien baignait dans un magma de sang presque coagulé. Sa face était d'ivoire et son regard fixé sur le plafond du loft, était celui de la mort.

Ce qu'elle voyait était insupportable. Se jetant à genoux au chevet du lit, où Sébastien regardait le ciel, elle approcha son visage pour baiser celui de son amant. Elle n'y parvint pas. Quelque chose retenait son mouvement. Alors, toujours agenouillée, assise sur les talons, elle resta immobile. Prostrée ainsi durant de longues minutes, tantôt elle fermait les yeux ruisselants de larmes, tantôt les ouvrait pour recevoir en pleine face la certitude de la mort.

Elle fut prise d'une immense crise d'angoisse. Il était désormais inutile de faire appel aux secours, c'était trop tard. Il fallait se convaincre et accepter que Sébastien ne reviendrait pas à la vie. Qu'allait-elle faire ? Que pouvait-elle faire ? Ces deux questions, chaque fois qu'elle se les posait, débouchaient sur le vide. Complètement désemparée, elle ne parvenait pas à prendre la décision de faire le moindre geste. Combien de temps resta-t-elle ainsi ? Dix minutes ? Une demi-heure ? Ses yeux, maintenant bouffis, avaient roulé des cascades de larmes.

Le temps vint de se poser la grande question : que devait-elle faire ? Le temps de l'horreur écoulé, elle tenta d'associer ses idées. Tout se brouillait dans sa tête et les vents contraires de la raison et de la passion commençaient à souffler sur son esprit. Avec la mort de Sébastien, toutes ses ambitions s'écroulaient. Ses illusions et ses espoirs aussi, ceux d'une vie simple, la vie des gens ordinaires qui ne se pressent pas aux portes de la renommée. Elle avait déjà échafaudé tant de belles choses pour lui et pour elle ! Elle avait fondé de grandes espérances en brûlant son passé et en adorant un présent en devenir.

Il était inconcevable qu'elle retournât aux Ulis pour reprendre la vie de misère lâchée avant de venir à La Rochelle. À la lumière de sa réflexion, il ne lui était plus possible de subir à nouveau les humiliations qu'on lui avait imposées.

— Jamais, jamais, jamais !

C'était maintenant une certitude, un cri de combat plus que de douleur : elle échapperait pour toujours à ce qu'elle avait jusqu'alors vécu. Il y avait eu trop de souffrances. Depuis qu'elle avait fait la connaissance de Sébastien, son amour, son unique amour, elle s'était transformée en l'espace d'une petite semaine. Un véritable miracle, et grâce à Sébastien.

Mali savait que la liberté pour une grande âme était celle de tout obtenir et de tout perdre à la fois. Alors, elle fit son choix. Elle avait juré à Sébastien un attachement éternel en mêlant un soir son sang au sien. Elle lui était charnellement et indissolublement attachée. N'étant pas une fleur d'avril qui périt aux premières gelées, elle n'avait pas peur d'affronter son destin et était prête à suivre son aimé au tombeau. C'était une femme que l'on dit de race, puissante de l'amour dont elle débordait, une femme à la détermination irrévocable quand il n'y a plus d'issues possibles. La seule qui s'ouvrait était d'entrer dans le chemin d'où on ne revient pas.

Toute à ces réflexions, elle poussait maints soupirs, maints gémissements.

Rejoindre Sébastien, certes, mais autant que possible, ne pas souffrir. Elle sortit de sa prostration, se leva, fouilla fébrilement l'armoire à pharmacie de la salle de bain, découvrit plusieurs boîtes de sédatifs et d'autres mélanges médicamenteux. Elle remplit ensuite un grand verre d'eau au robinet de la kitchenette puis s'approcha avec précaution du lit où gisait Sébastien. On eût cru, tant elle marchait avec grande prudence, qu'elle se gardait de le réveiller.

D'un coup d'œil, elle aperçut l'ours en peluche assis dans le fauteuil d'enfant. Il était éclairé par un rayon de soleil. Elle le saisit et le serra contre elle, comme le petit enfant qu'elle aurait pu avoir avec Sébastien et qu'elle ne pourrait pas lui donner. En le tenant dans ses bras, elle emportait un peu de l'innocence qu'elle avait partagée avec lui et elle sentit à ce moment-là les doigts de la nostalgie lui serrer la gorge.

Une fois les médicaments extraits de leurs emballages, elle en prit une grosse poignée. Gélule après gélule, elle ingéra la totalité du contenu des boîtes qui jonchèrent bientôt le sol près d'elle. Elle reposa le reste du verre d'eau sur la table de chevet et s'allongea contre le corps de Sébastien. Il était froid. Elle ressentit un incommensurable frisson. C'était donc cela mourir ? Elle ne pouvait plus hésiter et revenir en arrière maintenant qu'elle avait absorbé le poison.

Étendue sur le dos, elle prit dans sa main celle de Sébastien qui était glacée. Elle ferma les yeux et attendit. Sa tête de madone berbère baignait dans l'écrin de ses cheveux luisant comme des ailes de corbeau. La belle Targuie ouvrit encore la bouche.

— Ah ! Seigneur ! s'exclama-t-elle en implorant le Dieu de ses ancêtres, il est difficile de franchir le pas. Me le pardonnerez-vous, Seigneur, et me recevrez-vous dans votre royaume ?

Puis tournant son visage vers celui de Sébastien :

— Je vais te rejoindre, mon amour, je te donne ma vie puisque tu as sacrifié la tienne pour moi. Mon aimé, nous serons quittes l'un et l'autre.

Combien de temps demeura-t-elle ainsi ? Rien ne venait vraiment la transporter dans le trou noir du néant. Ses tempes bourdonnaient, son sang semblait se retirer d'elle, mais l'obscurité atteignait à peine son regard fixé au plafond. Elle eut une grande envie de vomir. Il ne le fallait pas. Elle devait tout garder en elle.

Au bout d'un moment, elle se redressa, posa un pied sur la moquette, mi-titubante, mi-consciente, avec l'idée de venir prendre le long couteau ensanglanté laissé sur le sol. Après s'en être saisie, elle retourna au lit et s'étendit sur un coude tout en serrant contre elle l'ourson en peluche.

Alors, méticuleusement, elle bloqua le manche de l'arme contre le corps de Sébastien, appuya la pointe de la lame entre ses deux seins et d'un coup, elle se laissa choir de tout son poids pour donner un dernier baiser à son cher amour, celui de la mort.

24

Lorsque les premiers secours arrivèrent, ils trouvèrent les deux amants étendus sur le couvre-lit de plumetis jaune et blanc, serrés l'un contre l'autre. Dans la rigidité de l'éternité, ils étaient attachés par la main, les yeux ouverts sur le vide du plafond. L'un et l'autre portaient un masque cireux, d'une beauté de gisant. Mali tenait le vieil ours en peluche serré dans ses bras, comme on serre un enfant. Son corps était pelotonné contre celui de Sébastien. Elle semblait s'être endormie près de lui. Seul un détail indiquait qu'il n'en était rien : d'un couteau planté dans sa poitrine il n'apparaissait que le manche.

Terriblement impressionnés par le calme qui embellissait leurs deux visages, les sapeurs-pompiers et les intervenants du SAMU n'osaient presque pas déranger l'ordre ainsi figé dans la mort. De toute façon, il était trop tard. Les deux corps étaient définitivement inertes. Mais en regardant le plafond, là où le regard des morts s'était fixé, il semblait s'élever encore les dernières bouffées de leurs âmes. Comparables aux vapeurs de ces liqueurs qui, dormant en fût de chêne, se subliment peu à peu dans l'air, il ne restait d'eux que le meilleur. Ce qui s'était envolé dans l'éther, c'était un petit peu de la part des anges.

Le 18 juillet, le journal *Sud Ouest* titrait pompeusement, sous la plume de Valérie Delafosse :

UN DRAME PASSIONNEL À LA ROCHELLE :
DEUX MORTS.

C'est en plein cœur du quartier paisible des Cordeliers que s'est déroulée hier soir cette terrible scène sur fond de séparation.

Au cours de la nuit, sans vous dire quelle heure il était exactement, j'ai entendu comme un grand cri qui s'étouffait progressivement. J'ai eu un doute. J'ai dit à ma femme : je vais voir, ça vient de chez le voisin. Je me suis levé et en pantoufles je suis allé sur le palier mettre l'oreille à la porte. Mais plus rien. J'ai encore attendu un moment et je suis revenu me coucher.

Cet homme-là n'a rien entendu, en vérité. L'alerte a été donnée le lendemain par le commissariat de police aux sapeurs-pompiers. Ils ont dépêché sur place les premiers véhicules de secours. En vain. Un homme et une femme gisaient dans la chambre de l'appartement situé au deuxième étage du 13 de la rue Saint-François. D'un côté du lit traînent des boîtes de médicaments ouvertes et déchirées. Manifestement, il y a eu tentative d'empoisonnement.

Et puis, il y a aussi, curieusement, ce couteau planté dans la poitrine de la jeune femme étendue sur le lit ensanglanté.
Les habitants des logements voisins pointent leur nez au bas de l'escalier. Il fait chaud ce soir, très chaud. Une atmosphère de malaise règne dans la rue. Un périmètre de sécurité empêche les curieux de s'approcher trop près des lieux où s'est noué ce drame. Hélas, malgré la diligence des secours, il n'y avait plus rien à faire pour ce jeune homme de vingt-sept ans et cette jeune femme maghrébine étendue morte à ses côtés.
Une mort mystérieuse.
Très vite, les secours affluent. Et les véhicules, gyrophares allumés, font écran en interdisant tout accès à l'entrée de l'immeuble.
Des pleurs étouffés accompagnent le corps du jeune homme pris en charge par les pompes funèbres. C'est la tante habitant la campagne rochelaise qui a été prévenue par quelque voisin. Les infirmiers du SAMU n'osent pas tenter l'impossible pour ranimer l'autre victime. Elle est manifestement décédée. Il est 19 heures. Le véhicule de secours repart.
Quelques personnes restées sur place cherchent à comprendre ce qui a bien pu se passer dans ce quartier plutôt paisible et sans histoires. Elles ne comprennent pas comment un drame aussi effroyable a pu éclater à deux pas de chez eux. C'est leur petit voisin qui est mort, celui avec lequel ils échangeaient encore la veille un bonjour souriant et quelques paroles aimables. À demi-mot,

on devine que la jeune femme était son amie et qu'en filigrane de ce drame se dessinait une rupture mal acceptée.
Hier soir, les enquêteurs étaient encore dans l'impossibilité de donner les tenants et aboutissants de cette terrible affaire et se refusaient à communiquer l'identité des victimes. On sait seulement que la jeune femme serait originaire de la région parisienne.
Peu après 19 heures, le substitut du procureur se rendait sur les lieux pour prendre l'exacte mesure de cette tragédie.

Que savait-elle au juste, la jeune pigiste du journal, de l'histoire véritable de Malika Azzoug et de Sébastien Périssat ? Rien ! Seulement ce que pouvaient présenter les apparences. Et même si l'enquête qui suivait allait révéler les dessous de la tragédie, rien ni personne n'aurait pu imaginer ce que fut l'amour indissoluble qui unit les amants jusque dans la mort. Nul, sur ce bout de terre au bord de l'océan, lieu de plaisirs, de détente et de joie, ne pourrait concevoir que l'on puisse se donner la mort dans un appartement tandis qu'au-dehors le soleil brille et réjouit les cœurs. Et qui se souviendrait encore, longtemps après eux, de l'histoire de Malika et de Sébastien ?

Bien vite, pauvres sujets de l'indifférence humaine, ils tomberaient dans l'oubli de ces vagues innombrables de passants qui flânent interminablement, chaque été, entre la petite et la grand'rive. Il est vrai que dans l'existence de tous ces gens pressés sur les quais du vieux port, d'autres drames se signalent et se vivent, se dévoileraient et se vivraient. Ceux-là aussi, pour la plupart, ne restent pas gravés dans la mémoire des vivants. Ils s'en vont, on le suppose, vers d'autres mondes, vers d'autres cieux, dans l'inconnu, frappés de notre insouciance, de notre indolence et de notre cécité.

Ce soir du 17 juillet, deux âmes, deux belles âmes, virevoltaient au-dessus de la tour Saint-Nicolas et de la tour de la Chaîne, dans l'air tiède d'une nuit d'été. Elles se tenaient par la main et se souriaient comme se sourient les âmes pures qui s'aiment, simplement, tendrement.

Dans ce coin de paradis qu'est le port de La Rochelle, s'étaient opposés à des anges vengeurs, deux anges gardiens de la beauté et de l'amour. Ces deux-là avaient vécu un petit bout de bonheur, cette part vivante de la vie que les anges emportent vers leur mystérieux royaume.

Si l'on avait eu les yeux de l'amour à cet instant, on aurait pu les voir monter de la terre et s'élever dans le ciel pour porter un message aux étoiles, elles qui sont hors d'atteinte des hommes et qui, seules, sont à l'abri de nos péchés, de nos haines et de nos violences.

POSTFACE

Il y a peu de romans qui ne mettent pas en scène, ne serait-ce que par une allusion, un mot, une phrase, un paragraphe, l'amour entre un homme et une femme. Si l'on devait compter ceux qui ne parlent pas d'amour, l'opération serait bien plus simple que d'énumérer ceux qui en sont le sujet.

« *Il est difficile de faire sur l'amour un livre qui ne soit pas un roman* », disait Stendhal et les formes romanesques qui évoquent l'amour sont variées et nombreuses. Parler d'amour dans un roman n'est pas disséquer ce sentiment humain à l'aide du bistouri d'un scientifique, ou le voir s'étaler sous la plume critique d'un philosophe. Ce serait trop sérieux et bien rébarbatif.

Car l'inclination qu'un être a pour un autre, qu'elle soit partagée ou pas, présente des allures très protéiformes et l'écrivain est souvent confronté à la difficulté de comprendre l'amour autant qu'à celle de le décrire.

Pour autant, écrire un roman d'amour ne se réduit pas à parler d'amour, mais de porter l'écrit dans des régions inexplorées, reproduire la réalité tout en la sublimant, en la réinventant et en emmenant le lecteur dans un nouvel univers créatif.

L'amour, dans un roman, n'est pas une chose simple. Écrire une vie d'amour sans heurts et exempte de douleurs confinerait à l'ennui, et la vie amoureuse dans un roman, quand elle est le cœur de celui-ci, nous incite à convertir l'amour en passion amoureuse. *« Il n'y a pas d'amour heureux »* a dit Louis Aragon, et cette vérité-là transparaît dans tout roman qui fait du sentiment amoureux son ressort. C'est dans le drame que l'on ressent la force de l'amour, c'est dans les contradictions, les interventions du hasard ou de la destinée que l'on comprend mieux sa puissance, ses issues, ses limites.

Le roman que le lecteur vient de lire est inspiré d'un récit de l'Antiquité. Il s'intéresse à l'amour persécuté, l'amour impossible, lorsque deux êtres venant chacun de deux mondes différents se heurtent aux principes et aux préjugés, à l'obscurantisme qui souvent charrie dans son sillage la haine et la violence.

L'histoire originelle est celle de Héro et de Léandre. Héro est une prêtresse d'Aphrodite à Sestos, localité située sur la rive européenne du détroit de l'Hellespont. Léandre est un beau jeune homme d'Abydos, qui habite sur la rive opposée, la rive asiatique. Chaque nuit, Léandre traverse l'isthme à la nage guidé par une lampe qu'Héro allume en haut de la tour où elle demeure. Or, une nuit, à cause d'un orage, la lampe s'éteint et Léandre s'égare dans les ténèbres puis se noie dans l'onde. Le lendemain matin, lorsque Héro voit le corps de son amant échoué sur la grève, elle ne peut supporter sa séparation et se suicide en se jetant du haut de sa tour.

Cette légende, réécrite sous diverses formes littéraires, est l'objet d'un mythe dont se sont emparés nombre d'auteurs. L'amour contrarié, l'amour persécuté, en raison des haines entre familles ou des atteintes aux convenances sociales, est le thème souvent évoqué dans des œuvres telles que Abélard et Héloïse, Pelléas et Mélisande, Roméo et Juliette, Paul et Virginie. Il n'y a guère que les comédies de Molière qui sortent de ce cercle d'enfermement de l'amour dans la tristesse ou le malheur.

Il se trouve aussi que tous ces récits d'amours qui auraient pu être heureux sont empêchés par l'intervention du hasard, d'un mauvais sort, d'un destin écrit d'avance dans le livre de vie des personnages. C'est cette part d'inconnu, d'inexplicable, d'obscurité qui produit le drame romanesque et c'est ce chaînon défectueux, qui fait rompre l'histoire d'amour entre un homme et une femme, que j'ai voulu évoquer dans le cours de ce roman.

Si Pâris avait été assassiné, comme l'avait ordonné Priam, s'il n'avait pas été recueilli et élevé par un berger, il ne serait pas venu à Sparte, n'aurait pas séduit Hélène… et la guerre de Troie n'aurait pas eu lieu ! Ainsi, l'amour que vivent les humains serait-il donc toujours empêché par un grand manipulateur qui, du haut des cieux, tire les ficelles ? J'aimerais que le lecteur s'interroge à ce propos dans ce livre. Mais je me doute qu'il n'y trouvera probablement pas la réponse.

Jacques Berlioz-Curlet

À paraitre chez Terres de l'Ouest Editions :

À L'AFFÛT
de Josiane Saint-Laurent

Lise est officière de Police Judiciaire à Toulouse dans la brigade de protection des familles. Un jour, tremblante et déboussolée, une fillette de onze ans fait une entrée remarquée à l'accueil du commissariat. Reçue par Lise, la jeune fille déclare avoir été abusée sexuellement par un inconnu à proximité de son école. Il s'agit du point de départ d'une enquête complexe et sordide, aux ramifications internationales. À bien des égards, cette affaire va également mettre à rude épreuve les nerfs et la psychologie de la capitaine, une trentenaire au parcours de vie bien chargé.

Ce roman nous conduit dans les coulisses du 23 Quai de l'embouchure, dans les bureaux de la réputée brigade de P.J toulousaine. Un thriller puissant et une histoire qui prend aux tripes.

212 pages – Prix public : 11,00€
Format 12×18 cm
ISBN : 979-10-97150-58-7
Type : Polar à Toulouse
Sortie officielle 22 février 2021

PELOTE SANGLANTE AU PAYS BASQUE
DE Serge Archua

Séduisante et pétillante, Maïka Mekotxea dévore la vie avec audace et passion. Mère protectrice, très moderne d'une ado en pleine crise, la jeune femme mène également une brillante carrière dans la police judiciaire. Quand le cadavre mutilé d'une joueuse de handball, une pelote coincée entre les seins, est retrouvé près de la Grande Plage à Biarritz, une sombre enquête débute pour la commandante et sa fidèle équipe. Entre Pays Basque français et espagnol, le milieu du sport de haut niveau et les corps semés par un prédateur visiblement amateur de chair fraîche, pourra-t-elle éviter de mêler sa vie privée à cette sordide affaire ?

Une enquête menée tambour-battant par une flic hors norme, au caractère bien trempé. Mais son acharnement risque bien de l'emporter au bord du précipice...

264 PAGES – PRIX PUBLIC : 13,50€
FORMAT 12×20,5 CM
ISBN : 979-10-97150-61-7
TYPE : POLAR AU PAYS-BASQUE
SORTIE OFFICIELLE 22 FÉVRIER 2021

Éditions Terres de l'Ouest

ISBN : 979-10-97150-61-7

Dépôt légal février 2021
Impression en France en février 2021 sur les presses
de la Nouvelle Imprimerie Laballery
Numéro d'impression : 102154